Lola Loreta

e a Semana de Todo Mundo

HISTÓRIA SE

Impresso no Brasil

EDITORES Diego Salerno Rodrigues e Naiara Raggiotti

EDITORIAL
PRODUÇÃO Fernanda Critelli e Martha Piloto
PREPARAÇÃO Cecília Madarás
REVISÃO Bel Ferrazoli, Evelise Bernardi, Fabiana Oliveira e Naiá Diniz
PROJETO GRÁFICO E DIAGRAMAÇÃO dorotéia design

MARKETING E COMUNICAÇÃO
PLANEJAMENTO Fernando Mello
ATENDIMENTO COMERCIAL E PEDAGÓGICO Eric Côco e Tais Romano

ADMINISTRATIVO
BACKOFFICE Maria Laura Uliana
JURÍDICO Lucas de Oliveira e Silva
FINANCEIRO Ingrid Coelho e Joana Marcondes
RECEPÇÃO E ALMOXARIFADO Rose Maliani
SUPORTE A PROCESSOS Gabriele Santos

EQUIPE DE APOIO
SUPORTE PEDAGÓGICO Nara Raggiotti, Nilce Carbone e Tamiris Carbone

Dados Internacionais de Catalogação na Publicação (CIP) de acordo com ISBD

T757l Tozzi, Caio

Lola Loreta: e a Semana de Todo Mundo / Caio Tozzi ; ilustrado por Gabriela Gil. – São Paulo, SP : História Secreta, 2023.
136 p. ; il. ; 13,5 cm x 20,5 cm.

ISBN: 978-65-980814-1-6

1. Literatura infantil. I. Gil, Gabriela. II. Título.

2023-1823 CDD 028.5
CDU 82-93

Elaborado por Odilio Hilario Moreira Junior - CRB-8/9949

Índice para catálogo sistemático:
1. Literatura infantil 028.5
1. Literatura infantil 82-93

1ª edição, 2023

HISTÓRIA SECRETA
rua napoleão de barros 266 • sala a • vila clementino
04024-000 • são paulo • sp
11 3476 6616 • 11 3476 6636
www.carochinhaeditora.com.br
sac@carochinhaeditora.com.br
Siga a Carochinha nas redes sociais:
  /carochinhaeditora

História Secreta é um selo da Carochinha.

Toda história é secreta para o leitor que ainda não a leu. Leia e revele esta história!

Caio Tozzi

Lola Loreta

e a Semana de Todo Mundo

Ilustrações de
Gabriela Gil

HISTÓRIA SECRETA

Sumário

apresentação

Muito prazer, Lola Loreta!

Oiê!

Tudo bom com você?

Aqui quem escreve é a Lola Loreta.

Meu nome não deve ser estranho para seus ouvidos. Ou para seus olhos. É que ele está escrito bem na capa deste livro, né?

Sou uma menina interessadíssima em todos os problemas que existem. Calma! Antes que você entenda errado, deixa eu explicar: não é que gosto de arranjar problemas (embora tenha gente que ache isso, como a dona Mimô!). Gosto mesmo é de procurar soluções para eles. É que todo mundo complica demais as coisas, principalmente os adultos, você não acha?

Aí eu resolvi me tornar a descomplicadora (será que esta palavra existe?) de todo nó que aparece na minha vida ou na das pessoas que estão ao meu redor. Pode ser um mistério muito cabeludo ou uma angustiazinha bem no meio do peito de alguém, e lá estou eu para ajudar. Mas nem sempre as coisas se resolvem tão fácil como quero. Aí me meto em cada confusão, mesmo que eu sempre tenha uma boa intenção.

Neste livro, você vai acompanhar algumas semanas bem diferentes que aconteceram lá onde estudo, no Colégio Gente Sabida. Tudo começou quando a nossa professora de Arte, a Drikíssima, resolveu criar a Semana do Aluno Protagonista. Ou seja: uma semana em que os alunos ocupariam o lugar dos professores e criariam suas próprias aulas. Eu era a favorita em uma votação que iria escolher a líder da tal semana. Mas, misteriosamente, não venci a eleição.

Bom, acho que não vale mais ficar enrolando, não é? Então, vire a página e... ah, espere! Me esqueci de contar uma coisa: antes de mergulhar nessas grandes emoções comigo, você vai saber quem estará nesta aventura na seção "Quem é quem?". E depois, quando terminar a história, não largue o livro: nas últimas páginas tem um bate-papo que fiz com o Caio Tozzi, o cara que escreveu o livro (nós falamos sobre muitas curiosidades que aconteceram durante a criação desta aventura. Tá imperdível!).

Pronto, pode seguir! Aposto que você vai adorar!

(Depois me conte o que achou, hein?)

Um beijo da
Lola Loreta

Quem é Quem?

Listei para você os principais personagens da história que vai começar daqui a pouco (inclusive aqueles que eu não queria que participassem, mas que, no fim das contas, são importantes... Ih, será que eu podia ter falado isso?).

Esta sou eu

Lola Loreta

Uma menina esperta e curiosa, filha única.

Moro com meu pai e minha mãe. Herdei meu nome de cada uma das minhas avós — uma chamava Lola e a outra, Loreta. Eu acho que tudo no mundo está complicado demais, por isso estou sempre pronta para resolver todos os problemas que encontro. Mas, às vezes (ou melhor, na maioria delas), eu me enrolo neles.

Neia

É a minha vizinha, que também estuda na minha classe. Ela é quietona, sem muitos amigos, vive na dela. Até aí tudo bem. O problema é que ela adora me copiar. Está sempre de olho em todos os meus passos, usa roupas parecidas, tem atitudes iguais às minhas. E você nem imagina do que ela foi capaz na Semana do Aluno Protagonista!

Dona Mimô

É a professora mais velha da escola. Não me entenda mal. É que ela é a que trabalha há mais tempo lá, foi isso o que eu quis dizer. Só porque questiono tudo, ela não gosta muito de mim. Está sempre de muito mau humor e pronta para impedir que eu execute minhas ideias brilhantes!

Máximo

É meu melhor amigo. Ele é incrível! Seu nome é Maximiliano, mas eu o chamo de Máximo, porque é o que acho dele mesmo. Tem gente que o chama de Max, mas é uma injustiça esquecer três letrinhas e não dar a ele seu devido valor. Somos grudados um no outro e sempre nos ajudamos. Ele é inteligente e tem uma visão das coisas muito mais racional que eu.

Oliver

É um garoto meio diferentão, sabe? Ele é pessimista e vive achando problema onde não tem. Está sempre atrás de conspirações que não existem.

Magu

Minha grande amiga, mas, diferente de mim, ela não é nada prática. Eu vou lá e faço. Ela fica procurando explicação para tudo. Romântica e mística, sabe muito sobre astrologia e vive relacionando os acontecimentos com a posição dos planetas.

Sôfi

Para mim, é a menina mais bonita da escola. Mais do que a Patty Helena do 6º ano... Sério! Sempre está bem arrumada, penteada, perfumada. Mas, mais do que isso, está sempre disposta a me ajudar em minhas aventuras.

Weber

Todo mundo o acha estranho. Ele é mais velho, repetiu um ano e estuda na mesma classe que eu. Tem gente que diz que foi expulso de duas escolas, mas se isso é verdade eu não sei...

Vô Wilson e vô Wilson

Você acredita que meus dois avôs têm o mesmo nome? E acredita que eles se odeiam? É verdade! Eles se conhecem desde crianças e nunca se deram bem. Mas, para desespero deles, seus filhos únicos, Clarita e Johnny, se apaixonaram, casaram e eu nasci (ownnn!).

Johnny e Clarita

São meus pais. Apesar de meus avôs serem inimigos, meus pais são completamente apaixonados um pelo outro. Papai é músico e tem uma banda de rock chamada The Exaltados. E mamãe é uma executiva cheia de trabalho, que vive pendurada em vários telefones ao mesmo tempo.

Drikíssima

Eu a acho fantástica! Divertida e descolada, é a professora de Arte que está transformando a nossa escola. Imagine inventar uma semana na qual os alunos é que dão aula?

Sr. Farina

É o diretor do Colégio Gente Sabida. Ele é bem bacana e está querendo cada vez mais modernizar as coisas na escola, trazer novos olhares e atividades, como a Semana do Aluno Protagonista.

Sr. Fofinho

É o meu travesseiro de estimação, para quem eu conto meus maiores segredos. E, você, não conte isso para ninguém!

1//Um dia histórico

Será que o sr. Farina falaria meu nome com alegria?

"Looooola Loreeeeta!"

Ou será que cada letrinha iria sair de sua boca bem devagar, fazendo suspense para todo mundo?

"L-o-l-a-l-o-r-e-t-a..."

Ou será que já na primeira sílaba que dissesse, o povo todo levantaria uma faixa lá atrás me parabenizando?

"Lo..."

Ai, meu Deus! O que eu falaria quando todos gritassem: "Ela ganhou, eba!" ou "Eu já sabia! Tchá, tchá, tchá!"?

"Ah, muito obrigada, minha gente... Quanto carinho!"

Será que...

— Lola? Onde você está com a cabeça? — perguntou Máximo, que procurava um bom lugar para a gente sentar no meio do pátio lotado de alunos.

Foi naquele momento que todas as coisas que estavam na minha imaginação fizeram puf! e desapareceram.

— Você atrapalhou tudo! — resmunguei, porque estava bem bom o que eu estava prevendo para meu breve futuro.

Mas era hora de encarar aquele que seria um dia histórico para o Colégio Gente Sabida, onde estudávamos. E vou explicar por quê: fazia mais ou menos um mês que a Drikíssima tinha surgido com uma ideia maravilhosa que mudou a *vibe* de toda a escola.

Ah, preciso dizer primeiro que a Drikíssima é a nossa professora de Arte desde o ano passado. O nome dela é Adriana, mas gosta de ser chamada pelo seu apelido, que é Drika. Mas como eu a acho tão incrível (porque é moderna, usa roupas coloridas e brilhantes, cada dia vai com um penteado novo, fala com a gente de igual para igual e ri sem parar), decidi que merecia ter este apelido: Drikíssima. É muito mais legal, vai?

Então, a ideia que ela apresentou para o sr. Farina, o diretor da nossa escola, foi a criação de um evento chamado Semana do Aluno Protagonista, em que os alunos assumiriam as aulas no lugar dos professores por uma semana.

Não é fantástico? Imagina uma semana inteirinha em que todo mundo pudesse ensinar, e não apenas matemática, português e qualquer dessas matérias mais tradicionais! Estava liberado inventar novas disciplinas para falar sobre artes, sentimentos, diversão, e até promover debates sérios sobre temas importantes do nosso dia a dia.

“Uma semana para compartilhar conhecimento, em que todos tenham voz no ambiente escolar”, explicou a professora (gênia!), quando passou de classe em classe contando a novidade.

Fiquei doida com isso! E o sr. Farina também ficou superanimado (ainda bem!).

Mas a coisa que mais agitou todos foi o fato de que um único aluno seria escolhido para ser o grande líder do evento por meio de uma votação. Suas funções seriam recrutar uma equipe para criar e dar as aulas diferentes, pensar em um tema para a semana e organizar tudo, sob a supervisão de um professor. Caso eu ganhasse, escolheria a Drikíssima, é óbvio.

Lógico que me inscrevi!

Era a minha grande chance de:

1. Ouvir meus colegas.

2. Contar coisas novas para todo mundo.

3. Abrir a mente dos professores (de uma, em especial).

4. E resolver um monte de problemas que via todos os dias pelo colégio.

Sabe, acho que é essa a minha função no mundo: descomplicar as coisas que os outros complicam demais!

2//Enfim, o grande momento

Eu não imaginava que poderia ser a favorita naquelas eleições! Juro que não. Mas era isso que as pesquisas apontavam antes do anúncio do nome escolhido.

Meus concorrentes eram o Jorgito Simões, que andava comprando votos porque tinha muito dinheiro; a Patty Helena, que estava promovendo festas para conquistar eleitores; e o “Passando Mal” (que é um menino tão lindo que passo mal toda vez que ele aparece), que estava tirando vantagem de sua beleza (se eu fosse ele, também faria isso!).

E o que eu tinha a meu favor? Carisma, gente! Carisma!

Durante duas semanas, uma urna ficou perto da secretaria para que os alunos pudessem depositar seus votos.

Enfim, tinha chegado a hora de saber o resultado, e era por isso que estávamos todos reunidos no pátio.

Primeiro, o sr. Farina agradeceu à Drikíssima pela ideia. Depois, foi ela, toda radiante, que entregou um envelope para ele.

Era ali que estava o nome...

Da pessoa que seria escolhida...

Para ser a grande líder da Semana do Aluno Protagonista!

Eu até fechei os olhos para não me assustar com a comoção que seria a revelação do meu nome. Certeza que ia ser uma explosão de felicidade para todos — menos para meus concorrentes, é claro.

"Calma, Lola, calma! Segura essa emoção!", eu pensava.

Fui só ouvindo o envelope se abrir. Sr. Farina respirou fundo e se preparou para começar a falar (eu saquei por causa do barulhão que fez quando o bigode dele raspou no microfone).

— É com muito prazer que anuncio o nome escolhido por vocês para o cargo de líder nesta grata semana que teremos...

Era muita ansiedade.

— A escolhida foi...

Escolhida! Ele tinha dito "escolhida"! Era uma menina!

— Foi...

Eu podia sentir a letra L saltando da boca dele. Ele ia falar meu nome: Lol...

— ...a Neia!

Hã? Imediatamente arregalei meus olhos sem entender nada.

A NEIA?

Ele repetiu o nome daquela menina.

— Que surpresa! Parabéns, Neia...

O silêncio tomou conta do pátio.

Todos viraram para trás na mesma hora e todas as bocas se abriram simultaneamente. Ninguém tinha entendido nada.

A Neia estava ali no fundo, sentada, quieta.

E também muito surpresa pelo resultado. Bastava só ver a cara dela, coitada!

3//Algo me cheira a dona Mimô

Você não deve ter entendido por que eu não citei o nome de Neia entre meus concorrentes quando falei sobre eles. É que uma coisa muito estranha aconteceu na reta final daquela “corrida eleitoral”.

Como já contei, estava todo mundo muito feliz com a Semana do Aluno Protagonista. O diretor, os alunos e até os professores (até porque eles tinham vários motivos: uns achavam que era mesmo bom dar voz aos jovens; outros diziam que os alunos iriam ver como eles sofriam — e eu achei que o professor que disse isso iria sentar no fundão do auditório só para jogar papelzinho em outro professor que estaria sentado mais na frente!).

Mas teve uma pessoa, uma única pessoa, que não tinha gostado nada daquilo.

Era ela!

A própria!

Dona Mimô, a terrível!

Não, imagine! Eu não tenho nada contra ela. Ela que tem contra mim.

E contra todo o mundo, contra a vida... arghhhh... sei lá!

Dona Mimô era a professora mais antiga da nossa escola. Eu a definiria como a rigorosa-tradicionalíssima-mais-antiga-professora-da-escola. Devia estar lá desde que foi inaugurada, já que era uma grande amiga do sr. Farina desde os tempos de faculdade (põe tempo nisso!).

Ela era uma senhora baixinha, com um nariz comprido, que ia todo dia com um coque no cabelo. Eu achava que ela não tinha capacidade de sorrir, porque nunca tinha visto um sorriso na cara dela (achava que era tipo um defeito de fábrica). Ela vivia de um lado para o outro carregando um monte de bolsinhas e uma pasta com o material da escola. Além de, claro, carregar sua falta de paciência e bom humor.

E por isso tinha um jeito nada agradável de lidar com os alunos. Vivia dizendo que queria ordem. "Ordem! Ordem! Ordem!" era o lema dela. Para se ter uma ideia, na aula dela não se admitia um barulho. Quem de repente espirrasse, assim, sem querer, era punido severamente: tinha que fazer mais cinquenta exercícios da matéria que estava sendo dada. Não é brincadeira!

Dona Mimô era uma lenda viva naquela escola. E ela, por ser muito amiga do nosso diretor, conseguia fazer a cabeça dele para implementar umas ideias que nem quero dar minha opinião. Só para você ter uma noção:

- Primeiro, ela o convenceu a aplicar todo mês um simulado aos sábados.
- E teve a vez que exigiu que a escola oferecesse atividades que somassem pontos na avaliação final bem na hora do intervalo. Foi um terror!
- Sem falar quando resolveu aplicar provas-surpresa todos os dias!
- E... ai, vou parar por aqui, porque ela me estressa!

Por isso foi um alívio quando a Drikíssima chegou na nossa escola. O sr. Farina se encantou com as ideias inovadoras que trazia, afinal já tinha percebido que era hora de dar um *up* no colégio.

E o que a dona Mimô achou disso? Ah, ficou maluca por perder espaço, por não ser mais ouvida. Então, quando surgiu a notícia sobre aquela semana diferente, ela disse para quem quisesse ouvir que achava a ideia um absurdo!

— Aluno está na escola para aprender e não para ensinar! Quem ensina é professor! — E completava: — Para ensinar alguma coisa tem que ter vida, experiência, muito estudo! — Depois resmungava: — Não se fazem mais professores como eu!

Bom, eu não sabia muito bem o que ela queria dizer com isso.

Professores como ela?

Rígidos, bravos e mal-humorados?

E que, às vezes, ficavam mexendo no celular enquanto os alunos faziam os exercícios na apostila? (Sim, eu já a vi fazer isso!)

Ou que, outras vezes, ficam zoando algum aluno que não sabe a resposta de um exercício, na frente dos outros?

(Eu também já vi isso acontecer.)

Eu prestava atenção em tudo.

Eu via tudo o que ela fazia.

E falava.

E perguntava.

E queria saber.

Talvez fosse por isso que ela não me aguentava.

Imagine o que aconteceu quando dona Mimô soube que eu era a favorita para ser a líder da semana criada por Drikíssima?

Ficou desesperada, lógico!

E aí tratou de infiltrar, na última semana das votações, uma aluna que fosse de sua confiança. Tudo para que pudesse ser a supervisora escolhida e continuasse a disseminar suas ideias malignas.

E a escolhida foi a Neia.

Sim, a menina que foi anunciada como a vitoriosa.

Ela caiu de paraquedas naquela história. Nem campanha fez, tá?! A dona Mimô preparou uma camiseta que Neia, eu soube depois, vestiu no mesmo dia da votação, sem ninguém perceber, onde estava escrito:

"Votem em mim".

E o nome dela nem era citado nas pesquisas.

Como é que ela tinha ganhado, hein?

História estranha aquela, não?

Eu achei.

E não fui só eu.

4//Uma reunião extraordinária

— Lola, acho que isso deve ter sido uma conspiração contra você! — gritou Oliver. — Eu já avisei: estamos sendo vigiados. O tempo todo!

Não sei se devia ficar dando ouvidos para o Oliver. Ele tinha essa mania de achar que tudo está envolvido em grandes conspirações e, por isso, passava dias e noites tentando descobrir o que estava por trás de tudo o que acontecia.

Ele deu essa opinião sobre o estranho caso da vitória de Neia em uma reunião extraordinária que fiz com meus melhores amigos — além do Oliver, estavam lá Máximo, Magu e Sôfi — logo na saída da escola, depois do anúncio.

— Lola, acho que não podemos nos precipitar: não dá para acusar a dona Mimô de uma fraude na votação sem saber o que aconteceu. Vale uma investigação! — foi a opinião do Máximo, sempre sensato.

Já a Magu gostava de analisar as pessoas pelo signo, tentando descobrir mais sobre a personalidade de cada uma e como elas agiriam segundo o zodíaco. Minha mãe vive dizendo que ela é "zen", mas eu nem sei o que isso significa.

— Certeza que o seu Júpiter não está em um lugar legal. Por isso aconteceu essa derrota! — foi o que ela disse sobre o assunto (devo confessar que, às vezes, fico irritada com esses planetas que vivem atrapalhando a gente!).

E tinha a Sôfi, que era uma fofa. Parecia uma boneca de tão arrumada que ia na escola. Queria ser como ela, mas como é que eu consigo? Não tenho tempo nem de pentear o cabelo quando saio de casa!

— Como será que a Neia venceu essa, hein? — perguntou, olhando para todo mundo com aqueles olhos verdes.

— Eu já disse: foi uma conspiração! — o Oliver insistiu.

— Talvez você tenha razão, Oliver — falei pensando naquela terrível professora. — Conspiração de uma pessoa só!

— É que a professora está de olho em você desde que disse para ela que as coisas são muito mais simples do que ela imagina — lembrou Magu.

— Isso! Eu disse na cara dela: dona Mimô, é que eu acho que a vida é muito mais simples que esses seus problemas de matemática.

Máximo não segurou a risada ao lembrar a cena:

— Você soltou essa depois que conseguiu resolver o problema de matemática mais rápido que ela!

— É, foi isso mesmo! Essa gente que complica demais as coisas! Aí dei o resultado que estava certo. E ela não gostou, porque resolvi a equação de um jeito diferente do que ela faz.

— E não é isso só, né, Lola? Você a provoca demais — complementou Magu.

— É meu jeitinho que tira ela do sério — falei. — Foi por isso que colocou a Neia na jogada e deu um jeito para que ela ganhasse as eleições!

— Confesso que estou com medo — falou Sôfi. — O que será que a Neia vai preparar para todo mundo? Esta semana, que tinha tudo para ser legal, pode ser a pior da nossa vida.

— Agora é uma questão de honra, gente! — declarei. — Eu não posso deixar dona Mimô dominar a nossa escola! Precisamos fazer algo!

5//Precisamos falar sobre a Neia

Era preciso lembrar que o perigo não eram apenas as armações de dona Mimô. Neia estava envolvida na história, o que também não era nada bom...

E por que estou dizendo isso?

Você nem imagina as tantas que já passei por causa dela.

A Neia e eu temos a mesma idade. Ela tem cabelos escuros escorridos até o ombro e vive com uma faixa no alto da testa. E você deve estar pensando: o que tem de mal nisso?

Nisso, nada.

O problema é o resto.

A Neia adora me imitar em tudo. Em tudo!

Quantas vezes eu saí de casa e ela estava com uma roupa igualzinha à minha? E quando ela decide andar do mesmo jeito que eu? E copia meus gestos! Que nervoso! Nem quero lembrar quando ela fala sobre os mesmos assuntos e, pior, tem as mesmas opiniões que eu! Desde que a gente se conhece, é assim. E eu nem imagino por quê! Eu só vivo implorando: “Improvisa, Neia!”, mas não adianta!

Além disso, tenho o azar de ela ser minha vizinha. Nossas casas são encostadas, separadas só por um muro. A família toda dela (que, assim como a minha, é formada por um pai, uma mãe e uma filha única) gosta dessa história de copiar tudo.

Olha só:

Se a gente faz um passeio, lá estão eles no mesmo lugar.

Se a gente pede pizza no jantar, logo depois entregam uma na casa deles (do mesmo sabor!).

Meu pai é músico, e o pai da Neia, o Amaro (que é tão chato, que poderia se chamar Amargo), vive tentando tocar guitarra.

Minha mãe trabalha muito, vive pendurada nos seus celulares, e, quando eu olho pela janela, vejo a Dóris, a mãe da Neia, sempre falando no telefone como se tivesse um monte de compromisso.

E na escola?

Quando a Neia tira a mesma nota que eu nas provas, desconfio tanto...

E tem as vezes que, quando tenho dor de barriga, corro para o banheiro, e ela chega antes de mim, reclamando da mesma coisa.

Imagine o que a Neia vai preparar para a Semana do Aluno Protagonista se ela não tem originalidade nenhuma...

Imaginou?

Pois é, nem eu sei do que ela será capaz...

6//Eu querendo resolver problemas e me aparecem esses dois

Se eu deixasse, a reunião iria longe. Mas eu estava doida para ir para casa, pensar em tudo o que tinha acontecido. Precisava descobrir o que fazer, como resolver aquela injustiça. Dei tchau para meus amigos e fui ao encontro do...

Pois é, aquele dia não poderia ficar pior. Mas ficou.

Quando atravessei o portão da escola, certa de que meu pai estaria lá para me pegar, tomei um susto!

Bem em frente a todos os alunos, de todas as séries, e de todos os professores que saíam da escola, e também de qualquer cidadão que cruzasse aquela calçada naquele momento, estavam meus dois avôs.

Os dois!

Juntos.

O problema?

Era que eles se odiavam.

E, como sempre, estavam numa discussão feia.

— Não foi você que foi chamado para buscar a Lolinha. Fui eu! — dizia um deles.

— Você que é um velho esquecido, que não entende nada! Eu que fui chamado para vir pegar a Loretinha na escola — respondia o outro, com direito a mostrar a língua (era esse o nível de maturidade!).

Eu estava acostumada com essa relação. O mais engraçado é que eles tinham o mesmo nome: Wilson. Então, lá naquele fim de manhã estavam vô Wilson e vô Wilson se digladiando na frente da escola, muito provavelmente por conta de alguma confusão que meu pai ou minha mãe tinha feito ao pedir ajuda para que um deles fosse me buscar na escola (às vezes, cada um liga para o seu respectivo pai sem consultar o outro).

Bom, mas antes de continuar, vale contar os bastidores dessa briga que já durava décadas.

Vô Wilson e vô Wilson se conheceram ainda crianças, quando eram apenas Wilsinho e Wilsinho. Moravam na mesma rua e um dia brigaram por conta de um jogo de futebol. Um achou que o time do outro tinha roubado uma partida em que o resultado tinha sido empate. Como eram torcedores roxos de cada um dos lados, pararam de se falar.

Aí começaram a querer ficar distantes um do outro.

Acabaram mudando de rua.

Depois de bairro.

Até que foram morar em cidades diferentes.

E mais do que isso: cada um tentou viver em um país. Verdade verdadeira! Tanto que vô Wilson, pai da minha mãe, virou aviador, e vô Wilson, pai do meu pai, virou navegador. Talvez para nunca se cruzarem.

Mas aí veio um negócio chamado destino (a Magu diria que talvez seja culpa de Marte). O que aconteceu foi que cada Wilson se casou e formou sua família. Cada um teve apenas um filho, Clarita e Johnny, as pessoas que, no futuro, eu chamaria de mamãe e papai.

Isso porque um dia, por coincidência, já de volta ao Brasil, vô Wilson e vô Wilson resolveram visitar a rua onde moraram quando crianças. É, no mesmo dia! Não deu outra: eles se reencontraram e, claro, começaram a brigar do mesmo ponto de onde tinham parado.

Clarita e Johnny estavam acompanhando os pais naquele passeio e não deram bola para a discussão que ali (re)começou. Olharam-se, gostaram um do outro e fizeram um sinalzinho (sem que nenhum pai visse, é claro!) para continuarem a conversar. Aí eles conversaram tanto que deu em casamento, para desespero dos dois Wilsons.

Meus avôs já tinham ficado viúvos — minhas vovós foram embora cedo demais! — e contavam apenas com a companhia de seus filhos únicos. Não teve jeito, tiveram que engolir aquela união.

Aí eu cheguei, uma menina linda por quem os dois se encantaram perdidamente. Quando nasci, cada um pediu que eu carregasse o nome de sua esposa: uma chamava-se Lola e a outra, Loreta. Por isso que meu nome é esse — a ordem, de Lola vir antes de Loreta, foi decidida em um sorteio. Apesar das brigas, acho divertida demais essa história. Eu vivo falando que sou fruto de um amor como o de Romeu e Julieta, sem que o Romeu e a Julieta tivessem morrido no final.

Mas o que acontecia é que, desde que eu era pequena, o vô Wilson e o vô Wilson viviam disputando minha atenção. Como naquele dia em que brigavam (mais uma vez) para saber quem iria me levar para casa.

— Calma! Calma! Por favor, vô Wilson e vô Wilson. Tenho uma boa ideia! — eu sempre intervinha. — Que tal se eu revezasse nos dois carros durante o caminho? Vai ser cansativo, mas eu aguento. Acho que é mais justo! Vocês vão um na frente do outro e, a cada semáforo, troco de carro. O que acham?

Os dois se olharam, deram um resmungo e fizeram sim com a cabeça. Ufa! Tudo resolvido.

Ou quase.

— Mas quem vai na frente? — perguntou vô Wilson, pai do papai.

— É! E você começa indo com quem? — indagou vô Wilson, pai da mamãe.

Respirei fundo e disse:

— Par ou ímpar!

Aí eles tiraram o par ou ímpar, porque nesses casos a gente precisa pedir ajuda para a sorte. Vô Wilson, pai de papai, ganhou para ir na frente. Mas Vô Wilson, pai de mamãe, ficou de começar me levando.

Então, entrei no primeiro carro.

Mudei para o outro carro no semáforo.

Durante o caminho, cada avô falava mal do outro. Como era chato isso!

Aí chegou outro semáforo e eu ia voltar para o primeiro carro. Mas, bem na hora que saltei na calçada, algo muito estranho me chamou a atenção no final da rua.

Não era possível que meus olhos estivessem vendo aquela cena.

Mas era aquilo mesmo: dona Mimô e Neia. As duas juntas. Juntinhas. Conversando fora da aula. E a professora estava dando um envelope para a menina. Que absurdo!

Então, eu precisei agir: deixei vô Wilson e vô Wilson para trás e saí correndo na direção delas.

Bom, diante da minha atitude, a primeira reação dos meus avôs foi um xingar o outro, claro!

7//Que flagra!

— O que vocês duas, terríveis, estão tramando juntas? E ainda mais contra mim!

Tá. Eu sei. Fui um pouco pretensiosa nessa fala.

Mas eu queria mesmo que fosse uma cena do tipo novela, sabe? Era como estava me sentindo. A frase tinha que ser de efeito.

E fez efeito.

Dona Mimô tomou um susto e jogou o envelope para cima. Nos poucos segundos que Neia tentou caçar no ar o documento, que quase era levado pelo vento, a professora conseguiu olhar friamente para mim, como as vilãs das histórias que a gente vê por aí.

— Eu jamais deixaria meu querido colégio nas mãos de uma pessoa com ideias tão malucas quanto as suas! — ela disse.

Fiquei chocada. A frase também fez um belo efeito. E minhas suspeitas, ao que parece, se confirmaram. Ela estava por trás da minha derrota. Eu só precisava, então, de uma prova!

Mas logo minha atenção foi desviada para a dança "doi-da-afoita" que Neia ainda fazia para recuperar o envelope. Foi o tempo necessário para dona Mimô alcançar seu fusquinha vermelho que estava parado ali perto e botar o pé no acelerador.

Ela deu um susto tanto no meu vô Wilson quanto no meu vô Wilson, que, tomados pela disputa um com o outro, chegaram a entrar na contramão para me buscar.

Só sei que um olhou para o outro e disse:

— Você viu o poder dessa donzela, Wilson?

E o outro respondeu:

— Faz tempo que não via uma assim, Wilson!

Foi um curto e surpreendente diálogo do qual só ouvi até essa parte, porque meu foco era ir atrás de Neia, que já estava com o envelope em mãos.

O que será que tinha lá dentro, hein?

Eu precisava saber!

Mas, enquanto eu pensava, a Neia corria.

Nunca imaginei que ela conseguisse correr tanto.

Neia chegou até a atravessar uma rua sem olhar para os lados. Às vezes, dava uma espiada para trás para ver a que distância eu estava.

E eu estava na cola. Mas estava difícil alcançá-la.

Até porque eu tinha na cabeça a confusão que meus avôs deviam estar fazendo em todo o trânsito para me acompanhar.

De longe, eu só ouvia:

— Não corra tanto, Lolinha! — um dizia.

Aí ouvia um monte de buzinas.

— Se quiser dar carona para sua amiguinha, pode vir no carro do vovô, Loretinha — o outro gritava.

E aí vinham os apitos do guarda de trânsito.

E eu via a Neia correr mais.

E eu corria mais.

E a Neia segurava o envelope com força para ele não voar.

E eu torcia para que ele voasse e eu fosse uma boa goleira fora de campo (porque dentro não tinha para ninguém!) e conseguisse agarrá-lo no ar.

Corremos tanto, mas tanto, que, quando vi, já estávamos perto de casa.

Só percebi quando Neia gritou:

— PAAAAAIIIIII!!!!

E se escondeu atrás do Amargo, quer dizer, Amaro, que estava sentado na calçada bem na frente de casa dedilhando um violão, com óculos escuros. Bem do jeitinho que meu pai costumava fazer. Olhei para a frente da minha casa esperando ver a mesma cena, mas papai não estava lá.

— Eu ainda vou te pegar, Neia! — prometi.

Logo os carros de vô Wilson e vô Wilson pararam bem ali na frente e cada um me pegou pela mão, ignorando a ação do outro.

— Vamos, Lolinha! Sua mãe vai gostar de eu ter te buscado na escola! — um deles falou.

— É isso, Loretinha! Seu pai confia bastante em mim para te pegar no colégio! — o outro suspirou.

Eu só pude olhar para trás e ver Neia me encarando com os olhos assustados.

8//Coisas de família

— Paiêêêêê! — entrei em casa gritando. — Você viu que o Amargo está na calçada tocando violão e na mesma (na mesma!) posição que você fica todo dia?

Eu estava abismada com a atitude daquele sujeito. Pena que papai nem ligava. Ele era um cara de boa, relaxadão. Ele sim era um músico de verdade, e sua alegria era fazer suas canções e só. Não esquentava com nada, nem com o jeito dos vizinhos, e quase nunca ficava triste.

Mas não foi bem isso que encontrei quando cheguei em casa naquele dia.

Quando avancei pela sala, percebi que meu pai estava deitado no sofá de barriga para baixo, com a cara no travesseiro. Eu nunca o tinha visto daquele jeito. Nesse tempo que fiquei parada olhando para ele, meus avôs entraram pela casa tão delicados como um grupo de dinossauros.

— Mas eu não posso acreditar no que vejo! Dormindo, Johnny? — reclamou vô Wilson, pai da mamãe.

O outro vô Wilson, pai do papai, não gostou nada do que ouviu.

— Epa! Calma lá! Meu filho deve estar cansado de tanto trabalhar!

— Ele nem trabalho direito tem, Wilson! É uma vergonha para a família. Fica aqui dentro de casa o dia inteiro fazendo música.

— Wilson, e o que você gostaria que um músico fizesse o dia inteiro? Música, oras! Não seja ignorante!

A discussão foi longe, e papai estava muito esquisito. Eu ouvia o barulho de vô Wilson e vô Wilson aumentar e realmente fiquei cansada daquilo. Sempre o mesmo papo sobre a carreira do papai. Acontece que ele era músico e tinha uma banda de rock chamada The Exaltados — aliás, seu nome artístico era Johnny J. (fala-se "djota"). É verdade que eles estavam numa fase meio em baixa (tipo, desde que começaram...), e o vô Wilson, pai da mamãe, achava que papai tinha que arranjar o que chamava de "trabalho de verdade". Mas aquele era um trabalho de verdade, até porque, além da banda, o papai fazia trilhas para comerciais de televisão.

— Vô Wilson e vô Wilson! — gritei, brava. — Vocês ficam aí discutindo sobre meu pai, mas alguém, por acaso, perguntou o que é que ele tem?

Foi a primeira vez que pensei naquilo: como a gente fica falando sobre os outros sem saber o que eles sentem? Meus avôs nem deram bola e fiquei muito mal por isso.

Naquele instante, percebi papai movimentando a cabeça. Ele se virou para mim e sorriu forçadamente. Talvez tenha ouvido o que eu disse. Com uma cara mega-amassada, foi se levantando do sofá e veio até mim.

— Estou triste, filhota!

Tomei um susto. Momentos antes eu tinha pensado como meu pai nunca ficava triste. Sentei-me ao lado dele, querendo saber o que tinha acontecido.

— Fiz uma trilha exclusiva para um comercial de televisão — ele começou contando —, e eu achei que se tratava de uma coisa legal. Mas aí deitou-se no meu colo e completou:
— Acabei de ver o filme. Eles não usaram a música. Provavelmente não vão me pagar.

Depois suspirou fundo, secou o suor da testa, ajeitou a camisa por cima da camiseta e disse:

— Mesmo assim preciso continuar. Vou lá trabalhar!

Vô Wilson, pai da mamãe, que só ouviu a última frase, disparou:

— Faz bem!

Vô Wilson, pai do papai, retrucou:

— Ainda descobrem o talento desse meu filho...

Papai sumiu pelo corredor que levava até um pequeno estúdio que tinha em casa. Logo em seguida vi a maçaneta da porta da sala se mexer. Era mamãe, Clarita, que chegava.

Apesar de estar sempre ocupada, ela costumava ter bom humor e vivia atrapalhada, carregando duas bolsas, algumas pastas e seus fiéis três telefones que só de sacanagem costumavam tocar juntos!

— Pai! Sogrinho! O que vocês estão fazendo aqui?

— Ué, filha, você pediu para buscar a Lolinha na escola! — vô Wilson respondeu.

— Nada disso! Eu que fui chamado para buscar a Loretinha na escola! — vô Wilson contestou.

— Tudo bem, tudo bem, gente! Sem brigas. Eu devo ter feito confusão e mandei a mensagem para vocês dois! — explicou mamãe. — Eu ando bem ocupada...

Bom, aquele discurso eu também conhecia bem. Mamãe andava muito ocupada desde que nasci. Era uma grande profissional, trabalhava como executiva em duas empresas. Legal demais, embora eu nem imaginasse o que uma executiva fazia além de reuniões. E de falar ao telefone também. Dia e noite. Mas, ao que parecia, isso tomava todo o tempo dela.

— Cadê o Johnny, aquele lindo, meu amor, meu meninão? — ela quis saber.

Mamãe era completamente apaixonada pelo papai e vivia falando assim quando chegava em casa e não o encontrava. Isso matava meus avôs do coração: eles bem sabiam que, quanto mais se odiavam, mais seus filhos se amavam...

9//Cabeça a mil

Foi difícil dormir aquela noite. Tantas coisas!

A minha sorte era que eu tinha o sr. Fofinho para conversar comigo. Olha, não vai contar isso para ninguém, hein? É segredo.

Sr. Fofinho é meu travesseiro de estimação. Eu nunca tive nada de estimação além dele. Meu pai tem alergia a tudo, então, animais estão descartados da minha vida. Por isso, o travesseiro se tornou meu confidente. Ganhei o sr. Fofinho quando eu tinha três anos (é por isso que ele tem esse nome!) e, desde então, trocamos muitas ideias.

Quando estou angustiada e preocupada, as conversas antes de dormir são longas. Naquela noite, mais uma vez, o tema principal foi a questão que mais me intriga no mundo: por que é que as pessoas complicam tanto as coisas, hein? Acho que tudo podia ser mais simples. Tipo: o vô Wilson e o vô Wilson se entenderem; o papai fazer sucesso com a banda dele; a dona Mimô abrir a mente para coisas novas e me dar o devido valor. E olha que estou dando só alguns exemplos.

O sr. Fofinho costuma não responder nada sobre o que falo, mas imagino que tenha a mesma opinião que eu, afinal, um travesseiro foi feito para aliviar e confortar a cabeça das pessoas — onde ficam as ideias mais duras e pesadas, né? É uma forma de ajudar a descomplicar, vai!

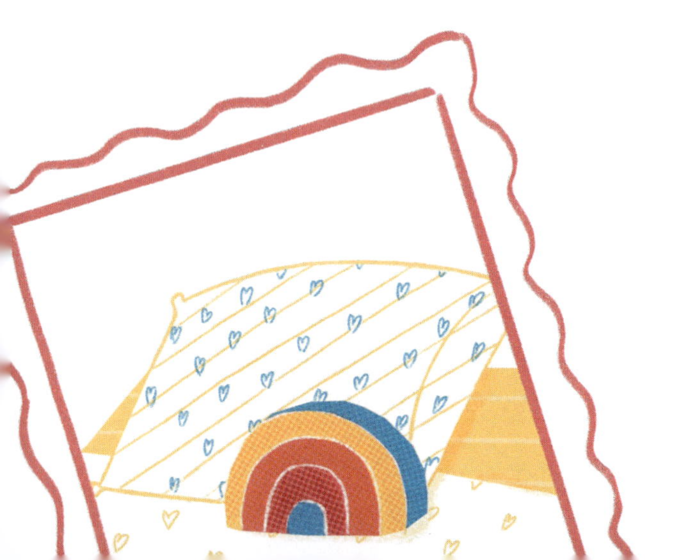

10//Qual a saída?

Já era tarde da madrugada quando tive uma ideia que me fez despertar de vez. Sr. Fofinho já estava no seu sétimo sono.

O que pensei foi o seguinte: e se, de repente, eu e meus amigos conseguíssemos provar que dona Mimô era mesmo a responsável pela minha derrota? E aí, o que eu faria de imediato? E se pedissem para eu assumir a liderança da semana? Eu não precisaria estar preparada?

Essa ideia me fez ficar eufórica. Levantei da cama e fui até a escrivaninha. Puxei alguns papéis, liguei meu abajur e coloquei a mão na massa.

— "A vida é mais simples que um problema de matemática!" — disse para mim mesma, repetindo a frase que tinha dito para dona Mimô.

Talvez fosse esse o tema da semana na minha liderança.

Comecei a escrever ideias sem parar!

Folhas e folhas e mais folhas com rascunhos, desenhos e planos.

Mas, de repente, algo me chamou a atenção. Uma conversa no quarto ao lado chegou até meus ouvidos. Eram mamãe e papai. E, como eles não tinham cada um o seu sr. Fofinho para desabafar, acabavam fazendo isso um com o outro. E foi um desabafo do papai que escutei.

— Clarita, as coisas não estão fáceis! O dinheiro está acabando. Eu não consegui emplacar a trilha no comercial de TV e não vou receber a grana que eu esperava, meu amor! — lamentou.

Mamãe fez um silêncio e logo respondeu:

— Eu também me viro naqueles dois empregos, mas as coisas estão bem caras. É muito gasto, Johnny! Vamos ter que pensar em fazer cortes aqui em casa.

— Precisamos mesmo! — papai concordou. — Por onde começamos?

— Podemos parar de comer fora, por exemplo. Pensar em diminuir nosso pacote de televisão... — e mamãe foi listando algumas coisas até chegar numa que me assustou: — e podemos pensar em trocar a Lola de escola.

O quê? Me trocar de escola?

Não imaginava que poderia me acontecer mais essa agora!

Imagine dona Mimô se dar por vitoriosa?

Jamais!

11//Mãos à obra!

— Mas será que eles vão mesmo tirar você da escola, Lola?

A pergunta que Máximo me fez assim que contei sobre a conversa dos meus pais era a mesma que estava martelando na minha cabeça desde a noite anterior. Fiquei tão preocupada que recrutei o sr. Fofinho para conversar até o dia clarear (cheguei com olheiras na escola aquele dia).

— A gente não vai mais se ver todo dia? — quis saber meu amigo, já emendando um bico enorme de tristeza.

Eu também tinha pensado naquilo, mas era algo que podia se dar um jeito, nem que todos os dias a gente se reunisse em algum lugar fora do horário de aula. Para mim, o mais terrível era deixar o Colégio Gente Sabida (e todos os meus amigos) nas mãos de dona Mimô. Eu sei, eu sei que ela não era dona nem diretora da escola. Mas o sr. Farina era amigão dela e a Drikíssima, por mais fantástica que fosse, era muito — digamos — boazinha. Só eu tinha coragem de questionar a terrível professora.

Quando falei isso para o Máximo, o bico dele ficou pior do que quando pensou que não iria me ver todos os dias. Pois é, a coisa ficaria feia sem mim naquela escola. E eu sabia disso.

— Por isso, Máximo, precisamos resolver essa questão o quanto antes! — falei.

— A da grana dos seus pais? — perguntou.

— Não! Vou pensar nisso depois! Mais urgente é desvendar o que está por trás da vitória da Neia. Se eu tiver que sair da escola, vou, pelo menos, deixar minha marca de coragem aqui!

Foi bonito o que falei. Achei mesmo. O Máximo até aplaudiu.

Agora restava saber qual era o próximo passo.

Fiquei rememorando tudo o que eu já sabia.

— Você acredita que eu vi a dona Mimô e a Neia conversando fora do ambiente escolar? E a professora deu um envelope secreto para ela!

— Um envelope secreto, Lola? Jura?

— Juro! Será que você não conseguiria descobrir do que se trata, Máximo?

— Eu?

— Lógico! A gente vai precisar se dividir nesta ação, garoto! Você pode convencer a Neia a te mostrar. Eu jamais conseguirei essa façanha! Enquanto isso vou focar na professora e... AHHHHHHH!

O grito foi por causa do enorme susto que levei ao ver Oliver pular na nossa frente. Ele estava com o uniforme da escola, mas vestia por cima um colete todo camuflado, como dos homens que vão à guerra, usava um capacete e tinha o rosto pintado.

— Que roupa é essa, Oliver? — perguntei.

— Fique tranquila, Lola — ele disse.

— Como posso ficar tranquila com você vestido desse jeito?

— Eu farei de tudo para descobrir o que tirou a sua vitória nas eleições!

— Não precisa, Oliver... — tentei fazê-lo esquecer aquela ideia. — Tudo vai se resolver naturalmente.

Não era isso que eu achava de verdade, tínhamos uma grande investigação pela frente, mas com o Oliver daquele jeito as coisas só iam piorar. Acho que o Máximo tinha o mesmo pensamento que eu.

— Oliver, acho que não precisa mesmo disso...

Oliver nem deixou Máximo terminar a frase e já anunciou sua missão:

— Não posso deixar isso acontecer. Finalmente uma conspiração real para eu investigar — bradou como um herói! — Lola, você é minha amiga e vou protegê-la!

Então, ele saiu correndo.

E eu fiquei mais apavorada do que sossegada.

12//De olho nela

Assim que Oliver foi embora, Máximo e eu partimos para nossas respectivas ações: ele, com Neia, e eu, com dona Mimô.

Logo depois que nos separamos, Máximo encontrou a menina meio desesperada pelos corredores da escola. Ela procurava parceiros para a equipe que precisava formar para a Semana do Aluno Protagonista e parava gente de todas as séries para fazer o convite. O problema era que a maioria deles acabava passando reto. Eu podia ser maldosa, é verdade, mas confesso que fiquei com muito dó.

E o Máximo, que estava ali perto, só de olho, também acabou sendo convidado.

— Você é muito inteligente, Maximiliano! — Neia tentava convencê-lo. — Talvez fosse legal você participar da semana como um dos "professores". E outra: dona Mimô adora você.

Aquela era uma verdade: Máximo era superinteligente e, por isso, tinha a admiração da professora. Talvez ele não tivesse sido escolhido como o queridinho dela naquelas eleições porque era meu melhor amigo.

— Obrigado, Neia. Acho que não é uma boa ideia.

Aí ele foi se distanciando da garota, que ficou sozinha naquele corredor imenso e frio. Ele ainda a viu sentar-se no chão e pegar da mochila o envelope — devia ser bem aquele que tinha recebido da professora.

— Máximo, por que você não correu lá e, como um agente secreto, capturou os documentos mais importantes da atualidade? — questionei, depois que ele me contou tudo o que tinha visto.

Ele olhou para mim, com a cara mais racional do mundo, e disse:

— Não exagera, Lola Loreta! — e continuou a contar sobre o que viu: — Ela abriu o envelope, tirou um papel lá de dentro e leu.

— E aí? E aí? — perguntei, curiosa.

— Eu consegui ler os lábios dela, Lola! Diziam assim: "Mas que coisa mais difícil isso! Eu gosto tanto dela".

13//Um esbarrão que ninguém esperava

Eu não tinha entendido muito bem o que ela quis dizer com aquilo. O que será que era difícil? De quem ela gostava? Só sei que a investigação de Máximo não tinha terminado. E o caso ficou mais surpreendente.

Logo depois de Neia ter lido o papel entregue por dona Mimô e ter ficado toda apreensiva, ela voltou a perambular pelos corredores do colégio em busca de sua equipe. Foi aí que deu um esbarrão no Weber.

É, isso mesmo: no Weber!

Você nunca ouviu falar nele?

Todo mundo na escola sabe quem ele é!

O Weber é conhecido por conta de seu jeito, digamos, diferente. Ele era da nossa classe, só que mais velho, pois repetiu um ano. Por isso, sua altura o destoava dos outros. Era muito magro e tinha um cabelo bagunçado, sempre com uma franja enorme cobrindo os olhos. Muita gente achava ele esquisitão. Vivia ouvindo música com fones de ouvido cor de laranja e enormes e pouco se relacionava com os colegas. Alguns juravam que ele falava com as paredes. Outros morriam de medo dele. Além disso, existia um boato que dizia que, antes de ele entrar no Colégio Gente Sabida, tinha sido expulso de duas escolas. Mas isso eu não sei se é verdade. Só sei que Neia viu uma oportunidade e tanto naquele encontro. Ela logo perguntou ao garoto:

— Você não quer fazer parte da minha equipe na Semana do Aluno Protagonista?

O primeiro gesto de Weber foi tirar a franja do rosto. Os olhos dele — quase desconhecidos por todo mundo — traziam surpresa, o que até estranhou a menina.

— E aí, o que acha da minha proposta? — ela insistiu, depois de explicar que tinha sido (não sabia por quê) escolhida como a líder da semana.

Weber deu um sorrisinho e concordou com a cabeça.

Sem graça, ela apenas disse:

— Então nos falamos depois! — virou as costas e seguiu pelo corredor.

Foi quando Máximo ouviu Weber dizer para si mesmo:

— Nossa, Neia! Nunca imaginei que alguém pudesse me dar uma chance dessas!

14//Uma primeira pista

Bom, enquanto tudo isso que contei acontecia sob o olhar atento de Máximo, eu estava na minha missão, que era seguir todos os passos de dona Mimô. Para mim, qualquer ação dela poderia ser a prova de que eu precisava.

Naquele dia, percebi que a professora caminhava rapidamente, como se estivesse aflita com algo. Eu fiz de tudo para que não me visse, senão meu plano iria por água abaixo. Ia me escondendo atrás de colunas, bancos, pessoas, sempre de olho na professora. Passei a manhã assim.

Quase na hora do lanche, ela ainda corria para lá e para cá e, nesse ritmo, resolveu comer algo. Ia mexendo em uma das bolsas que carregava, procurando algo. Ao puxar uma pequena marmita, percebi, com meu olhar supersônico — eu estava mesmo me sentindo uma superpoderosa em uma missão importante! —, um papelzinho amarelo voar lá de dentro.

A primeira coisa que me chamou a atenção foi que esse papel era da mesma cor do bloquinho que tinha ficado bem ao lado da urna durante as semanas de votação. O bloquinho onde os alunos podiam escrever os votos.

A minha sorte foi muito maior, porque um vento bateu e levou o pequeno papel amassado até bem próximo dos meus pés.

Eu o encarei no chão.

Peguei e abri.

Li o que estava escrito.

Não acreditei.

Reli, reli, reli.

Era aquilo mesmo: meu nome.

E eu reconhecia a letra, era toda bonitinha, cheia de voltinhas, como a da Magu.

Lógico! Aquele era o papelzinho com o voto da Magu para mim nas eleições. E estava na bolsa da professora!

Será que ela tinha mesmo trocado os votos da urna?

Como ela teria feito isso?

Será que todos os outros votos para mim estavam na bolsa dela?

Eu estava sem saber o que fazer.

Em meio a essas perguntas, o sinal tocou e os alunos correram para as classes.

E dona Mimô desapareceu da minha vista.

15//Foco nos planos

— Essa nossa reunião é muito importante, amigos!

Foi assim que comecei o encontro que convoquei novamente naquele dia mesmo, logo depois da aula. Estavam lá no quintal de casa Máximo, Magu, Sôfi e o Oliver (afinal, era melhor mantê-lo por perto!). O chamado foi em caráter de urgência.

— Aqui está uma prova do trabalho sujo realizado por dona Mimô no dia em que foi anunciado o nome da pessoa que iria liderar a Semana do Aluno Protagonista — eu disse, mostrando a todos o papelzinho que tinha voado da bolsa da professora (até coloquei dentro de um pequeno saquinho plástico, como faziam os grandes investigadores nos filmes policiais com suas provas).

Magu logo se posicionou:

— Essa é a minha letra! Esse era meu voto em você, Lola!

Todos ficaram surpresos com a revelação.

— Por isso... — continuei, já indicando o que precisava ser feito — a nossa ação deve ser dividida em algumas partes: a primeira é descobrir como dona Mimô fez a troca dos votos; a segunda é reunir mais provas para apresentar ao sr. Farina; e a...

— Deixa comigo, Lola Loreta! — disse Oliver, me cortando. — Vou tomar a frente das investigações. Confiem em mim!

Ninguém ali deu um pio de incentivo a Oliver. Fiquei com pena, mas achei que seria mais seguro não botar pilha nele.

— E o que mais, Lola? — perguntou Sôfi, quebrando o gelo.

— Como sabemos agora que tudo foi uma fraude para que eu não ganhasse, assim que dona Mimô for desmascarada, imediatamente Neia perde o posto e aí...

— Aí você assume o papel de líder da semana, já que era a favorita! — completou Magu.

— Foi o que imaginei! E, por conta disso, já estou preparando todo o planejamento da minha Semana do Aluno Protagonista! — revelei, diante da comemoração dos meus amigos. — Vocês são a minha equipe e o tema da minha semana será "A vida é mais simples que um problema de matemática".

Todos se empolgaram!

Aí eu apresentei alguns cartazes que tinha feito nos últimos dias, explicando que o lema foi escolhido para dizer que a escola podia ser uma facilitadora de muitas coisas na vida. Eu queria mostrar como as aulas podiam ser mais engraçadas, como podíamos ensinar literatura utilizando outras expressões artísticas, assim como podíamos ter aulas sobre nossos sentimentos (afinal, ninguém conversava sobre tantas coisas com a gente, né?), ou que às vezes a aula de História poderia usar a nossa própria história e de nossas famílias. Era tanta ideia!

Logo comecei a dividir as funções: pedi para o Máximo pensar em um livro para a gente fazer uma apresentação teatral; para a Magu escrever sobre a família dela e para a Sôfi pensar em qual seria o tema do primeiro debate sobre sentimentos na escola. Ah, o Oliver pediu para, por enquanto, ficar focado nas investigações. Eu acabei deixando, mesmo com o pé atrás.

A animação era tanta que começamos a conversar. Queríamos anotar tantas coisas, e quando vimos, já era bem noite. Quem percebeu isso, na verdade, foi o estômago do Máximo, que roncou bem alto.

— Bateu uma fome, hein? — ele disse, rindo.

— Então vamos entrar e comer. Acho que o papai preparou algo! — falei.

Aí todos nós corremos para dentro de casa.

Eu mal sabia o erro que estava cometendo.

16//Ideias e mais ideias

Quando no dia seguinte tocou o sinal do intervalo, todo mundo correu para fora da sala. Afinal, ninguém mais aguentava dois períodos inteiros com dona Mimô mandando a gente fazer exercícios de matemática sem parar, enquanto ela ficava lendo revistas de turismo — pelo que dizem, a professora estava esperando sua aposentadoria para fazer uma grande viagem ao redor do mundo com seu gato, que se chamava Tobias.

Eu ainda fiquei um tempinho enrolando para guardar meu material na tentativa de pegar a professora no flagra mais uma vez. Foi aí que vi algo bem estranho (ou não!): a Neia também ficou na sala, sentada em sua carteira, fazendo mais exercícios.

Dona Mimô olhou para Neia, que olhou de volta. Depois, as duas me encararam, sem qualquer sutileza.

— Já pode ir, Lola! Tocou o sinal, não ouviu? — falou a professora.

Aí tinha coisa! Então, saí lentamente e, sem elas perceberem, me escondi atrás da porta, para que pudesse ver e ouvir tudo o que aconteceria entre as duas. Até deixei meu celular posicionado no caso de tirar umas fotos em flagrante! Seriam as provas de que precisava.

Quando elas acharam que eu poderia estar bem longe dali, Neia foi pulando de carteira em carteira, até chegar bem perto da mesa da professora.

— E como está o projeto, Neia? — dona Mimô perguntou em voz baixa.

— Consegui pensar em algumas coisas... — disse a menina toda amedrontada e entregando alguns papéis para a professora.

Dona Mimô foi lendo tudo o que Neia tinha lhe dado, ao mesmo tempo que fazia uma cara de nojo e gestos negativos com a cabeça — e acho que, se pudesse gritar de horror, gritaria. Eu, de longe, pude ver o suor escorrendo na testa da Neia, cheia de tensão.

— Que bobagens são essas, Neia?

— Eu pensei... eu pensei... — ela tentava se explicar.

— Pensou tudo errado! Onde já se viu?

Lá de trás da porta, eu estava megacuriosa para saber quais tinham sido as péssimas ideias da Neia para a Semana do Aluno Protagonista. Deviam ser péssimas mesmo!

Coitada... Mas, quando dona Mimô começou a ler o que estava escrito naqueles papéis, quem tomou um susto fui eu.

— "A vida é mais simples que um problema de matemática", Neia? Você acha isso mesmo? — interrogou a menina.

Neia não sabia o que responder. Até porque aquela ideia era minha!

— Aula de História a partir da vida dos alunos? Que bobagem é essa, Neia?

A menina continuava a não responder.

Aí dona Mimô pegou todo o material, colocou debaixo do braço e levantou-se da cadeira. Com um ar de superior, falou:

— Eu te ajudei a vencer essa eleição, Neia! A única coisa que espero é que você consiga trazer a ordem que o Colégio Gente Sabida merece, entendeu? Não podemos deixar ideias como as daquela professorinha atrapalhar a educação de vocês. E muito menos daquela aluninha petulante.

Depois saiu pisando firme e, quando viu a primeira lata de lixo no seu caminho, jogou tudo lá dentro. Neia, coitada, pegou suas coisas e saiu cabisbaixa de dentro da sala.

17//Fica esperta, Lola!

Era a minha chance de gravar tudo com o celular. A fala de dona Mimô seria a grande prova para apresentar ao sr. Farina. Mas quem disse que consegui? Eu tremia tanto, fiquei tão nervosa, que o aparelho caiu no chão e pifou. Por sorte elas não estavam mais na sala.

Só depois que me acalmei e não tinha mais nenhum perigo à vista, saí de trás da porta e corri para a lata de lixo para ver o que Neia tinha entregue para a professora. Lá estavam diversas fotos dos meus cartazes, aqueles mesmos que eu mostrei para meus amigos na reunião no quintal... Puxa, Lola! Como você pode ter sido tão ingênua? A Neia era minha vizinha. A qualquer vacilo meu, era só ela pular o muro e copiar tudo. Foi isso que ela tinha feito bem na hora que eu e a turma fomos lanchar no dia da reunião.

Aquela menina estava tentando, mais uma vez, me copiar!

Aquilo não poderia ficar assim, a história estava indo longe demais! Mas, quando me virei para correr em direção ao pátio para procurar meus amigos, dei de cara com o Weber.

— Você viu a Neia por aí? — ele perguntou.

18//Weber

Eu não sei se devia perguntar ou me meter, sabe? Mas a minha garganta coçou. É que sou curiosa. Muito curiosa.

— Por que você está procurando a Neia, hein?

Eu sabia muito bem que ele já estava recrutado para a equipe dela na Semana do Aluno Protagonista (talvez só ele até então...). Mas eu queria saber mais, mais e mais! Inclusive, se também estava envolvido nos planos contra mim.

— Eu só queria falar sobre a proposta que ela fez para a semana dos alunos. Das coisas serem mais simples. Eu adorei! — ele falou, e eu fiquei furiosa, é claro! Todas as propostas eram minhas! Minhas! Só minhas!

— Só para você saber, senhor Weber, é esse o seu nome, não é? Então, senhor Weber — eu estava tão nervosa, que ficava me repetindo. — Aquilo tudo que ela te mostrou quem pensou fui eu! Ela roubou minha proposta!

— Você? — perguntou, assustado. — Mas você não tem cara de pensar em tanta coisa inteligente como aquelas...

Nem acreditei no que tinha ouvido. Quase avancei nele, juro! Sou contra violência, claro, mas a fala dele me deu nos nervos.

— Aquela Neia é que não sabe de nada! Ela é uma ladra! — então, comecei a falar alto, e o Weber tentou se esconder, porque todo mundo começou a olhar para a gente. Quando percebi, ele já tinha me levado para um lugar longe de onde estávamos.

— Pare de gritar, garota! Assim você me arranja problemas!

— Problemas? — parei, assustada. — Por quê?

— Você começou a gritar, a fazer a maior confusão! Aí vão achar que é culpa minha, sabe? Todo mundo acha isso. É sempre assim: "Foi o Weber, o estranho, que começou", "Só pode ter sido ele", e assim vai.

Fiquei em silêncio, pensando.

— Nunca ninguém parou para querer saber o que eu penso, ninguém nunca me ouviu — continuou. — Por isso que procuro ficar na minha, sabe? Aí não corro o risco de me envolver em nada que não fiz. Fico protegido.

— Será que isso é certo, Weber? — pensei alto.

— Eu não sei, não sei mesmo. Mas é que estou cansado de nunca fazer nada e todo mundo apontar para mim. Só porque sou diferente, fico na minha, pensando na vida. Não sou que nem esses meninos extrovertidos...

— Eu imagino que seja difícil — resmunguei para tomar coragem e perguntar: — É verdade que você já foi expulso de duas escolas?

Ele me olhou com uma cara tão triste que até me arrependi do que falei.

— Não... Não fui. Mas todos inventam histórias sobre mim — respondeu, cabisbaixo. — Acho que foi por isso que decidi topar entrar na Semana do Aluno Protagonista. A Neia foi a primeira pessoa que veio falar comigo na escola.

Eu só não sabia se aquilo era bom ou ruim.

— Ela é estranha, Weber; você é legal... — deixei escapar.

— Imagino que até ontem você devia me achar estranho também — ele falou (e tinha razão!). — Você já conversou de verdade com a Neia?

— Eu, não! — explodi. — Aquela garota vive me imitando, está sempre...

— Você já quis saber quem é ela de verdade, senhora Lola? É esse seu nome, não é? — ele me interrompeu. — A Neia está empenhada em fazer um bom trabalho, mesmo com a pressão de todo mundo. Principalmente da dona Mimô!

— Mas ela roubou minhas ideias! — retruquei.

— Se isso for verdade, Lola, ela está errada! Não podia fazer isso. Mas alguém, por acaso, quer saber por que ela fez isso? Você é conhecida por todos, todo mundo fala com você. Cada um tem seu jeito. Ela não tem ninguém, tem dificuldade de se comunicar, fica na dela.

— Poxa, sabe que eu nunca pensei nisso.

— Pois é, ninguém pensa — e ele ficou em silêncio um bom tempo.

Eu fiquei pensando em tudo o que ele me disse.

Ele tinha razão outra vez.

19//Quando tudo dá errado

O que eu não podia imaginar era que, enquanto eu conversava com Weber, em outro canto da escola uma movimentação “estratégica” acontecia. Tudo por conta de Oliver e de sua investigação sobre a conspiração no caso da votação da Semana do Aluno Protagonista.

Assim que o intervalo começou e todos saíram da sala, Oliver procurou Máximo, Magu e Sôfi para dizer que tinha visto dona Mimô correr para a sala dos professores e deixar sua bolsa no armário.

— Encontrei mais um papelzinho com o nome da Lola caído lá perto da sala dos professores! — Oliver revelou aos amigos. — Acho que é a hora de darmos o bote na professora.

— Eu não acho correto a gente invadir a sala dos professores para abrir o armário dela — declarou Máximo.

Oliver quis saber, então, a opinião das meninas.

— Olha, acho que não podemos deixar que essa injustiça seja feita com a Lola, que é a nossa amiga! — respondeu Sôfi.

Magu fez coro:

— Talvez seja a nossa única chance de impedir que dona Mimô decida o que será feito nesta semana, que deveria ser só nossa, dos alunos! Só nossa!

Máximo ouviu os argumentos — e até concordou —, mesmo acreditando que aquela ação poderia causar problemas para todos nós.

— Que problemas, Máximo? Vamos lá, temos que impedir o avanço dos inimigos! — convocou Oliver.

Então, lá foram eles em direção à sala dos professores. Chegaram de mansinho, sem provocar alardes. Precisavam garantir que o território estivesse livre.

— Parece que não tem ninguém! Vou avançar, câmbio! — anunciou Oliver, vestindo sua roupa camuflada e acreditando que estava em um grande combate.

— Eu vou ficar aqui na porta garantindo a segurança — falou Máximo.

— Eu vou com você, Oliver! — disse Sôfi, entrando também na sala. — Você sabe qual é o armário da dona Mimô?

— Tenho minhas dúvidas, companheira. Talvez tenhamos que vasculhar todos!

— Todos? Isso pode ser arriscado! Precisamos agir rápido!

— Depressa, gente! — gritou Máximo, ao lado de Magu, que também tinha ficado na vigília.

Oliver andou agachado da porta da entrada até o grande armário de ferro. Ao chegar bem perto dele, sacou do bolso um pequeno clips para tentar abrir a fechadura de cada portinhola como via nos filmes (será que essa tática dava certo mesmo?).

Sôfi já estava ficando nervosa com a demora do menino.

— Será que não vão nos pegar aqui? — ela cochichou.

— Confie em mim, Sôfi!

Foi bem naquele instante que Weber e eu cruzamos com aquela ação. Eu bem que estranhei a presença de Máximo e Magu parados ali na porta da sala dos professores. E, pelo olhar deles, também estranharam a minha presença ali, ainda mais ao lado do garoto mais comentado da escola.

— O que está acontecendo aqui? — perguntei.

— Não podemos falar, Lola! O Oliver está na busca da bolsa de dona Mimô, na suspeita de que seus votos estejam todos lá — explicou meu amigo.

Eu coloquei a cara para dentro da sala e vi aquela cena, digamos, ridícula. O Oliver, vestido de soldado, do lado da Sôfi, tentando encontrar o armário de dona Mimô. Curioso e prestativo como nunca imaginei que fosse, Weber avançou pela sala.

— Cara, você não sabe o que está fazendo! — ele falou.

— Então venha ajudar! — ofendeu-se Oliver.

Oliver deu dois passos para trás e abriu espaço para Weber.

O garoto mais velho encarou o armário e começou a colocar o clips na fechadura. No meio de sua ação, parou pensativo.

— Eu não posso fazer isso porque...

Mas era tarde demais.

Antes que pudesse explicar seus motivos, todos ouvimos um barulho. A gente tinha esquecido que lá dentro havia um banheiro só para os professores e que poderia estar ocupado.

Foi muito rápido o que aconteceu: depois do barulho que nos assustou, a maçaneta da porta do banheiro logo se abriu. Oliver e Sôfi conseguiram deixar a sala a tempo e correram para o lado de fora.

— Weber? O que você está fazendo aqui?

Era Drikíssima que fizera a pergunta e, pela cara dela, estava bastante decepcionada com o que via.

— Você está tentando mexer no armário dos professores? É isso?

De repente, a portinha do armário de dona Mimô se abriu.

Aquele negócio do clips funcionava mesmo.

20//Weber se deu mal (e a culpa foi nossa!)

Em pouco tempo, o acontecido na sala dos professores estava na boca de todos os alunos da escola. Mas ninguém sabia sobre o que estava falando!

Uns diziam que o Weber tinha tentado roubar a bolsa de dona Mimô, outros diziam que ele queria modificar as notas do diário da professora. Tinham aqueles que contavam que estava fazendo apenas baderna. E teve quem apostou que ele iria conseguir o gabarito da próxima prova que ela iria aplicar. Mas todos tinham a mesma "certeza": que o estranho garoto seria mais uma vez expulso de uma escola. Tudo *fake news*!

Fiquei desesperada com o que podia acontecer com o meu amigo. Meu amigo? Nossa! Eu tinha dito isso? Sim! Eu tinha gostado dele. Ele era um cara bem bacana. Por que não podia ser meu amigo?

Logo depois que pegou Weber no flagra, Drikíssima quis entender o que estava acontecendo. Eu e meus amigos, assustados, saímos correndo. Foi por impulso, sabe? Mas foi errado a gente deixá-lo sozinho lá. O Weber nem sabia explicar o que tinha ido fazer lá.

Na sequência, dona Mimô surgiu na sala dos professores, viu o menino, seu armário aberto e fez um escândalo. Talvez tenham sido dos gritos dela que os alunos tiraram os boatos que se espalharam pela escola. Porque ela dizia em alto e bom som:

— Um ladrãozinho! Ele tentou pegar minhas coisas! Alguém faça alguma coisa! Eu quero punição!

Depois disso, foram para a diretoria conversar com o sr. Farina. E ficaram lá trancados por um bom tempo.

Puxei o Máximo e disse que precisávamos ajudar o Weber.

— A gente meteu ele nessa, Máximo!

— O que podemos fazer, Lola?

— Ainda não sei! Preciso pensar! Preciso pensar! — e eu dizia para mim mesma: — Vai, Lola, pensa!

— Ele não teve culpa! É só ele falar, ué.

— Máximo, ninguém vai ouvi-lo! Era isso que ele estava me falando antes de tudo acontecer. O jeito diferente dele causa uma impressão, digamos, desconfiada nas pessoas. Aí já vem julgamento e tudo.

— Isso é verdade...

— É por isso que tudo está tão complicado, Máximo! Ninguém quer ouvir o outro. Estou ficando preocupada.

— Calma, Lola, a gente vai achar uma solução.

— Eu vou invadir a diretoria, Máximo!

— Não seja tão maluca, Lola Loreta!

— Vou contar para o sr. Farina o que a dona Mimô fez! Que ela trapaceou na votação! Que roubou meus votos! Ela não pode fazer isso com o Weber. Ela é que é uma bruxa!

— Lola, não fale assim! Não é certo! Agora é você quem está complicando as coisas!

— Eu, Máximo? Eu? Ela é quem complica!

— Você mesma está falando que ninguém ouve ninguém!

— É verdade! O que tem isso?

— E você já parou para pensar no que passa pela cabeça da dona Mimô? O que ela sente? Como ela vê as coisas? Vocês só brigam!

Aí aquela pergunta me pegou de jeito.

Fiquei sem resposta.

Ou melhor, inventei uma:

— O que ela pensa ou sente sobre o quê, Máximo?

— Sobre tudo, Lola. Sobre tudo!

21//Uma conversa seriíssima com Drikíssima

Depois da confusão que dona Mimô fez na diretoria, sr. Farina disse que iria analisar o caso de Weber. Drikíssima interveio e pediu para que o menino, ao menos, participasse da Semana do Aluno Protagonista. Dona Mimô, é claro, ainda disse que o que ele tinha feito era uma ótima razão para cancelar a tal semana. Ninguém deu muito ouvidos a ela. Nem o sr. Farina. Furiosa, ela deixou a diretoria e foi em direção à cantina.

— Essas coisas me dão fome! — esbravejou.

Weber saiu em silêncio, cruzou comigo e com Máximo e nada falou. Seguiu triste da vida. Drikíssima também passou tão abalada por nós, que nem nos viu.

— Eu vou falar com ela, Máximo! — avisei meu amigo e chamei a professora. — Drikíssima! Eu posso falar com você?

Ela voltou-se para trás, atenciosa.

— Oi, Lola! Estava tão aérea com essa confusão que nem percebi vocês aí. Pode falar!

— Olha, ninguém me perguntou, mas eu vou contar tudo o que sei!

— Sobre o quê, Lola?

— Sobre o que aconteceu com o Weber! Ele caiu de paraquedas naquela história. Quem estava tentando alcançar a bolsa de dona Mimô era o Oliver!

— Lola! — Máximo me repreendeu. — Assim ela vai punir o Oliver.

A professora tentava entender o que estávamos falando.

— Calma! Calma! Me expliquem isso direito!

Eu não tinha a calma que ela pedia e desandei a falar.

— Toda essa confusão foi provocada pela dona Mimô. Ela trocou os votos que estavam na urna para que eu não pudesse ganhar como líder da semana. Eu era a favorita. Ela não gosta de mim!

— Não fale assim, Lola. Vocês só têm umas opiniões divergentes. Isso não precisa ser motivo para uma não gostar da outra — ela respondeu sabiamente.

— Isso é uma verdade — concordou meu amigo.

— Agora, Lola, essa acusação que você fez é muito grave! Ela não poderia ter mudado os resultados da votação. Por que você suspeitou disso?

— Eu vi um papelzinho da cor do bloquinho que os alunos votavam, com meu nome caindo da bolsa dela. Além disso, foi muito estranho a candidata dela, a Neia, vencer assim do nada.

— É, eu também achei... — a professora deixou escapar.

— Estamos fazendo uma investigação. Por isso o Oliver entrou na sala dos professores atrás da bolsa de dona Mimô para achar meus votos.

Drikíssima fez uma cara de desconfiada e perguntou:

— Vocês têm certeza de que o Oliver é a melhor pessoa para investigar isso?

— Não! — Máximo e eu respondemos de uma vez só.

22//Seria um sinal de paz?

Depois daquele dia intenso, quando cheguei em casa, estava quebrada (pelo menos era isso que a mamãe dizia quando chegava em casa depois de um dia intenso!). Não tinha condições de nada, queria apenas descansar. Quem disse que consegui?

Quando papai me chamou avisando que o jantar estava pronto, tomei mais um susto.

Sentado na ponta da mesa estava ele.

De seu lado esquerdo, vô Wilson, seu pai.

Do direito, vô Wilson, pai da mamãe.

Você já sabe o que isso significava, não é?

Respirei fundo e fui me sentar na outra ponta da mesa.

Papai serviu em silêncio a lasanha de queijo que tinha feito para cada um dos meus avôs. Depois, me serviu. Só o seu prato ficou vazio.

Acho que ninguém queria abrir a boca, temendo a explosão da Terceira Guerra Mundial. Mas, como eu não sou menina de ter medo de nada — além de estar bem preocupada com a cara de chateado do papai —, resolvi fazer uma pergunta antes da primeira garfada:

— Tudo bem, papai?

Ele até arregalou os olhos ao ouvir minha voz. Todo sem jeito, gaguejou um pouco, pegou o guardanapo, limpou a boca que não estava suja e manteve-se em silêncio.

Eu insisti — e peguei pesado.

— Como está a banda, papai?

— Estamos procurando uns shows, filha... — disse ele reticente.

Eu andava pensando que, se meu pai e a banda dele conseguissem alguns shows, talvez ganhassem uma graninha e assim eu não precisasse mudar de escola.

Naquele instante, vô Wilson, o sogro dele, garfou um tanto a lasanha e, ainda mastigando, disse:

— Que tal procurar um trabalho?

Imediatamente o outro vô Wilson saiu na defesa do filho.

— Que tal você não vir mais aqui?

Poxa, aquela resposta foi um soco no estômago que não precisava. Eu até tentei me posicionar, mas, como previsto, a bomba atômica já havia explodido em plena sala de jantar.

A discussão era tanta que um cuspia lasanha na cara do outro, falavam de boca cheia, movimentavam tanto as mãos que quase derrubaram a jarra de suco. E eu fui ficando irritada, irritada, irritada, irritada, que, de repente, eu disse simpaticamente:

— CHEEEEEEGAAAAAAAA!!!!

Todos voltaram seus olhares para mim, e eu dei um sorrisinho.

Depois de um silêncio, coloquei minha grande questão na mesa:

— Vocês dois, vô Wilson e vô Wilson, já pensaram em conversar um com o outro? É, sem gritos, ouvindo as opiniões, argumentando...

Aí os dois começaram a gaguejar. Acho que tinham medo de mim. Ou muito amor por mim.

— E-e-e-eu j-j-já, Lolinha — disse vô Wilson.

— E-l-l-e q-q-q-que n-n-não q-q-quis, Loretinha — falou vô Wilson.

Eu sabia que nenhum dos dois estava falando a verdade.

— Acho que vocês perdem tanto tempo brigando! Deviam se unir, curtir um feriado juntos, brincar comigo, passear no campo de golfe...

— No campo de golfe, filha? — estranhou meu pai.

— É, eu acho chique, vejo nos filmes. Eles têm tanto em comum!

— Em comum, Lolinha? — perguntou vô Wilson.

— Você tem certeza? — questionou vô Wilson.

— Mesmo que não tenham muita coisa em comum — interrompeu papai —, vocês têm uma neta incrível que ninguém mais tem. No meio dessa briga, nem imaginam as coisas que acontecem com ela. Por exemplo, que foi escolhida para ser a líder da Semana do Aluno Protagonista na escola.

Vô Wilson exaltou-se:

— Puxou a mim, lógico!

O outro vô Wilson suspirou.

— Meu orgulho. Igualzinha a mim!

Naquela confusão, eu ainda não tinha atualizado papai sobre os últimos acontecimentos daquela história. Ele só sabia que eu seria a favorita, e o resultado seria divulgado naqueles dias.

— Papai, algo aconteceu no dia da votação e quem acabou ganhando foi a Neia! É, pai, a Neia, acredita? Filha do Amargo e da Dóris, que vivem nos imitando! Eu imagino que foi a dona Mimô que armou contra mim.

Papai ficou chocado com o que contei. Pareceu que ficou mais triste do que estava.

Vô Wilson levantou-se imediatamente e deu um murro na mesa:

— Isso não pode ser, Lolinha! Não posso admitir essa injustiça contra você. Amanhã vou à escola questionar o diretor.

O outro vô Wilson repetiu o gesto e complementou:

— Você não vai sozinho, caro Wilson! Conte comigo! É dona Mimô o nome da professora, Loretinha? Ela não perde por esperar.

Eu só pude me afundar na cadeira tentando não pensar no pior. Pela primeira vez na vida, achei que uma união dos meus avôs podia ser completamente desastrosa.

23//Tomara que dê tudo certo!

Eu olhava apreensiva para o sr. Fofinho. Aquela era a noite anterior ao início da Semana do Aluno Protagonista.

O que será que iria acontecer?

Será que a Neia tinha achado um caminho?

Na verdade, só pedia que algo fantástico pudesse mudar o rumo das coisas. E, pensando bem, talvez uma das possibilidades fosse eu realmente ir conversar com a dona Mimô.

— O que você acha, sr. Fofinho? — quis saber.

Ele não disse nada. Bom, como diz o ditado que minha mãe sempre repete: "Quem cala consente".

Procurar a professora era um dos meus objetivos no dia seguinte. O outro, pelo jeito, era impedir a tragédia que vô Wilson e vô Wilson podiam fazer na escola.

24// Chegou o dia!

A tão esperada Semana do Aluno Protagonista tinha chegado.

Naquele dia, pulei da cama, me arrumei (mais ou menos... só quando cheguei na escola vi que meu cabelo estava todo bagunçado, que vergonha!), coloquei o uniforme (e verifiquei se não tinha vestido a minha calça ao contrário, porque isso já havia acontecido em dias que eu estava com pressa e não foi nada legal), engoli meu café da manhã e corri para a escola.

Fui a pé mesmo. Minha mãe até me ofereceu carona, já que era caminho de um dos trabalhos dela, mas eu estava extremamente ansiosa para esperá-la terminar de se arrumar.

A minha euforia era tanta que até tinha me esquecido do prometido do vô Wilson e do vô Wilson no dia anterior. Mas, em pouco tempo, eles fizeram questão de me lembrar.

Quando virei a esquina da rua onde ficava o Colégio Gente Sabida, pude ver aqueles dois malucos na porta. Eu, que esperava um pouco de paz entre eles, me enganei completamente.

Lá estavam disputando quem entraria primeiro na escola. Os dois tinham estacionado os carros bem em frente ao portão, o que já era um mico, pois se tratava de um lugar proibido, reservado para as peruas escolares. Isso complicou todo o trânsito da rua, porque uma perua tinha chegado e precisava estacionar, mas o motorista encontrou os dois discutindo assim:

— Não, não, não! Eu vou primeiro — falava vô Wilson.

— De jeito nenhum! Eu vou encontrar primeiro a terrível professora da minha neta — dizia vô Wilson.

— Eu salvarei a Lolinha!

— Pare com isso! Loretinha terá o seu lugar garantido na tal semana dos alunos por minha causa.

E esse era só o começo daquela cena que fiquei observando de longe, com medo de me aproximar e as coisas piorarem. Fiquei pensando: tomara que ninguém saiba que eles são meus avôs.

— Lola, seus avôs estão dando um show lá na porta! — ouvi logo em seguida. Mas era o Máximo, ufa! Ele conhecia aquelas peças.

Ele ter chegado foi um alívio para mim, e desabafei:

— Máximo, preciso entrar na escola o quanto antes, mas não posso, de jeito nenhum, passar pelos meus avôs. Capaz de cada um me pegar por um dos braços, me puxarem para um lado e me destroncarem toda. Ai, nem quero pensar no que seria!

— Acho que eles não saem de lá tão cedo! — disse, analisando a situação.

O que eu poderia fazer? Arranjar um disfarce? Pular o muro?

— Olha quem está chegando! — Máximo me chamou a atenção. — E já está causando...

Foi aí que eu vi o fusquinha vermelho de dona Mimô entrando na rua da escola pela contramão. Isso mesmo! Ela vinha buzinando, furiosa. Colocou o pescoço para fora do carro e esbravejou:

— Mas que bagunça é essa? Bem hoje que é um dia de extrema importância! Preciso entrar antes que esse pessoal acabe com a escola!

E sem qualquer preocupação foi ziguezagueando pela rua, desviando de tudo até estacionar em um espaço apertadíssimo entre os carros dos meus avôs. Pois é, eu que esperava alguma coisa que pudesse dispersar a atenção do vô Wilson e do vô Wilson, nunca poderia imaginar que essa coisa fosse a dona Mimô.

Mas foi!

Àquela altura, a discussão dos meus avôs — que já tinha passado por temas como "quem tinha estacionado o carro primeiro", "quem iria entrar primeiro na escola", "quem era o mais presente na minha vida", "de quem eu gostava mais" etc., etc., etc. — agora culminava na lembrança do nome da tal professora que tinha me prejudicado.

— Dona Genô! É isso, Wilson!

— É dona Canô, seu velho que não lembra nada.

— Que isso! É dona Helô!

Bem nesse momentinho foi que a dona Mimô apareceu. Os olhares dos dois voltaram-se rapidamente para ela, que se sentiu toda vaidosa por chamar tanta atenção.

— Prazer, dona Mimô — ela falou.

— É isso! — gritou um vô Wilson. — Dona Mimô!

— Esse é o nome! — completou o outro. — Então é ela!

Dona Mimô ficou assustada e envergonhada.

— Vocês estão me procurando, é?

E os dois disseram de uma vez só:

— Sim! É você quem estou procurando!

Sem saber o motivo do interesse deles, dona Mimô abaixou a cabeça fazendo charme e entrou na escola sorrindo, toda feliz. Os dois ficaram para trás ainda discutindo sobre dona Mimô, pois a reconheceram do dia em que foram me buscar na escola e fizeram a maior confusão com o carro na entrada.

— Mas eu me lembro desta senhora! — disse Vô Wilson.

— Eu também! Me recordo como ela era forte e determinada! — respondeu o outro Vô Wilson.

— Fato, Wilson, fato! Tão determinada que fez nossa Lolinha perder as eleições.

— Mas não podemos negar que esta imponência, esta altivez faz dela uma senhora muito interessante...

— Eu não queria falar nada, mas não consigo discordar de você.

— Não podemos mais esperar, então! Vamos atrás dela!

— Era o que eu ia dizer: não podemos mesmo esperar! Vamos!

E lá foram os dois, e eu dei graças a Deus porque consegui, enfim, correr para dentro da escola. Precisava falar com dona Mimô antes que aqueles meus avôs chegassem até ela. A vantagem era que minhas pernas ainda funcionavam muito melhor que as de vô Wilson e as de vô Wilson.

25//O confronto mais esperado

Queria encontrar dona Mimô antes que a primeira apresentação da Semana começasse. Eu achava que a gente precisava conversar, mesmo suspeitando que aquele não fosse o melhor momento. Mas aquela ideia estava fixa na minha cabeça desde as conversas com o Máximo e com o Weber sobre a importância de ouvir os outros, saber o que pensam e descobrir mais coisas das pessoas.

A gente precisava se acertar. Precisava entender por que ela não gostava de mim. E também descobrir por que ela me tirava tão do sério. Era aquilo: para descomplicar, talvez fosse "preciso conversar". Como eu nunca tinha pensado nisso antes?

Corri tanto pelos corredores cheios naquela manhã para achar a professora. Os alunos estavam fora das classes, esperando o chamado da Drikíssima e do sr. Farina para ocuparem o pátio, onde aconteceria a abertura do evento.

Consegui reconhecer o coquezinho de dona Mimô alguns metros à minha frente.

Entre mim e ela, uma multidão.

Olhei adiante e enfrentei. Saí correndo, pensando que eu era uma bola de boliche e aquele pessoal, todos os pinos. Fiz cada *strike*!

O grito e o xingamento das pessoas chamaram a atenção de dona Mimô, que quis saber o que estava acontecendo. Quando voltou seu olhar para trás, foi o momento exato que cheguei até ela.

Lá estávamos nós, frente a frente, sob o olhar atento de... hummm... toda a escola.

Toda a escola!

Imagine a pressão!

Fiquei envergonhada. Sentia que todo mundo queria que eu falasse um monte para dona Mimô — até porque o boato de que ela tinha trocado os votos começava a rodar por todas as turmas.

Do primeiro ao último ano, todos esperavam aquele confronto.

Mal sabiam que eu a tinha procurado só para conversar. E talvez selar a paz. Só isso.

Dona Mimô também não imaginava as minhas boas intenções (se bem que eu sempre tenho boas intenções, principalmente quando brigo com ela!). Vi as narinas da professora incharem, a raiva dela era tanta que parecia que fumacinhas saíam lá de dentro. Enquanto isso, rezava para que meus avôs continuassem perdidos pelos corredores. Seria melhor.

Fui abrir a boca para dizer algo, mas as palavras não saíram.

Eu tentei.

Estranhei.

Mas não saíram.

Dona Mimô aproveitou minha gagueira e falou para quem quisesse ouvir:

— Lola Loreta, eu não vou perder tempo com você!

Eu engoli em seco.

— Agora chegou a vez da Neia mostrar todo seu potencial — complementou.

Suei frio.

Todos começaram a nos apontar.

— Você perdeu, querida! — concluiu, virando as costas e seguindo entre a multidão.

Fiquei imóvel. E muito triste.

Eram tantos sentimentos, na verdade.

Fiquei lá, sozinha, esperando algo acontecer.

26//Contagem regressiva

Quando cruzei com a Neia a caminho do pátio, pude perceber em seus olhos o tamanho de seu desespero. Talvez só ali ela tenha entendido, de verdade, a imensa responsabilidade que dona Mimô havia colocado em suas costas.

A menina estava mais sozinha do que nunca. Segurava em suas mãos algo que devia ser o novo material que tinha feito e que iria apresentar dali a pouco tempo para toda a escola.

— Eu não terminei! Eu não terminei! — dizia.

Senti uma dorzinha no coração ao ver aquela cena, confesso. Minha alma até ensaiou oferecer uma ajuda, mas fui levada pelos alunos que estavam atrasados e corriam para pegar o início da apresentação. Já era possível ouvir as primeiras falas do sr. Farina no discurso de abertura da Semana do Aluno Protagonista.

Foi aí que Neia viu Weber entrando todo esbaforido pela porta principal da escola. Ela correu até ele, mas ficou surpresa ao vê-lo sem mochila nem nada nas mãos.

— Cadê a parte que você ficou de fazer, Weber? — perguntou.

O garoto nada respondeu.

Neia insistiu desesperada:

— Weber, onde está a sua parte da apresentação? A gente combinou que você criaria algumas ideias de aulas e apresentaria, garoto! Eu chamaria as pessoas agora no palco... Não era isso?

Antes que ela terminasse sua fala, Weber desandou a se explicar:

— Toda a confusão comigo nos últimos dias me deixou meio perdidão. Eu esqueci, Neia! Esqueci que era hoje o começo da Semana. Tentei te ligar para avisar, mas você não atendia. Aí eu saí correndo de casa para te encontrar. Eu não consegui fazer nada! Desculpe!

Os olhos de Neia marejaram imediatamente. Ela segurava o choro para não passar vergonha em frente da galera do sétimo ano, que já zombava da apresentação mesmo antes de acontecer.

— Eu confiei em você, Weber! A gente combinou: eu ia me esforçar para fazer algo e você disse que iria me ajudar — ela disse, com os dentes rangendo.

O coração de Weber se despedaçou. Ele sabia que tinha errado feio daquela vez.

— Era a minha chance, garoto! — a menina falou. — Agora estou acabada.

Ela, então, virou-se de costas, e Weber ainda tentou uma alternativa.

— Onde estão as coisas que a Lola fez, Neia? Eu sei que você tinha uma cópia.

Neia nem olhou para trás para responder.

— Eu não entendi nada daquilo. Nem consegui decorar. Aquela é a alma da Lola. Tentei, ao menos, fazer alguns rascunhos, ter uma ideia que fosse, nada mais. Estava mesmo contando com você. Agora a dona Mimô...

Foi só Neia falar da professora para ela surgir diante da menina como passe de mágica.

— Estava te procurando, Neia querida. Está pronta? Hoje é o grande dia! Vamos mostrar para este colégio o que ele tem de melhor: eu! Quer dizer... nós! — corrigiu seu ato falho.

A garota levantou a cabeça e seus olhos tristes encararam a professora. Mas ela nada falou. Dona Mimô foi ficando apreensiva, seu rosto foi ficando vermelho. Ela queria uma resposta. Neia tremia da cabeça aos pés. Weber, que assistia à cena, tomou a frente.

— Eu estou na equipe dela, dona Mimô. Nós já estamos subindo no palco! — falou.

— Você? — dona Mimô gritou e voltou-se para Neia. — Isso é verdade, garota? O ladrãozinho da escola está na sua equipe?

Neia confirmou com a cabeça e foi o que precisava para a professora explodir.

— Você não faz nada certo! Que decepção! Bem que eu avisei: esses alunos não são capazes de ensinar nada. Vocês, jovens, são uns perdidos! Eu é que vou subir naquele palco, custe o que custar. Vou provar para o Farina e para aquela professorinha quem sabe das coisas. EU sou a líder da Semana do Aluno Protagonista! Que agora se chama Semana do Professor Exemplar! Tipo: Eu!

— Você não pode fazer isso! — enfrentou Weber.

— Ah, é? — respondeu a professora. — E quem vai me impedir?

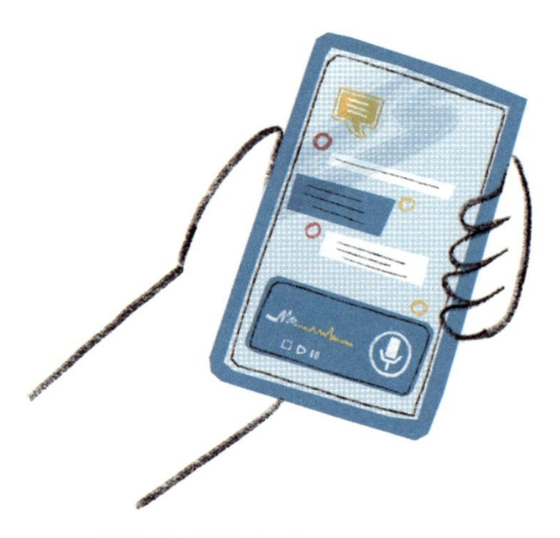

27//A hora e a vez de Lola Loreta

Eu estava toda triste andando em direção ao pátio, me sentindo derrotada depois do encontro com dona Mimô. Caminhei entre o pessoal que estava espalhado pelos cantos, observando a fala do sr. Farina, até encontrar o Máximo, a Magu e a Sôfi. Eles viram que eu não estava nada bem. Só restava o diretor anunciar a entrada de Neia ao palco. Àquela altura, nem Oliver, que era a nossa última esperança, aparecia para trazer qualquer notícia (olha a que ponto chegamos!).

Foi nesse momento que vi Weber surgir no portão do pátio. Ele procurava alguém, e só notei que a pessoa era eu quando percebi seu olhar fixar-se em mim. Aí veio correndo na minha direção. Parecia uma corrida meio em câmera lenta — talvez tenha sido o meu jeito de ver só para dar mais emoção à cena! Fiquei viajando nisso. Quando me toquei, ele gritava meu nome sem parar, no meio de toda a galera:

— Lola Loreta! Lola Loreta!

A primeira coisa que senti foi a maior vergonha do mundo. É que todo mundo olhava para a gente e até o sr. Farina, lá do palco, que deu um pito muito elegante para a gente fazer silêncio. Antes que ele falasse o que precisava no meio de todo aquele público, sugeri que a gente saísse de lá.

Assim, voltamos para dentro do prédio da escola, onde Weber me contou tudo o que tinha acontecido entre ele, Neia e dona Mimô. E eu fiquei desesperadíssima! Não podia deixar aquela professora acabar com a nossa Semana do Aluno Protagonista daquela maneira.

— O que a gente vai fazer agora, Lola? Como a gente vai impedir a dona Mimô? — Weber me perguntava sem parar.

Eu não sabia de imediato. Não me vinha nenhuma ideia genial. Só que o tempo estava passando. Dona Mimô se aproximava dos bastidores com um desejo enorme de invadir o palco.

Eu não tinha a quem recorrer.

Ou tinha?

Foi aí que uma ideia maravilhosa surgiu na minha cabeça. Era muito lógico!

Saquei meu celular e tratei de mandar uma mensagem de áudio, ao mesmo tempo, para duas pessoas. Só eles poderiam me salvar!

— Vô Wilson, onde você está? Venha para o pátio agora. Dona Mimô está te procurando urgentemente. Ela está bem atrás do palco.

— Você acha que vai dar certo, Lola? — meu amigo quis saber.

— Vamos esperar alguns minutinhos!

28//Salva pelos meus avôs

Em pouco tempo, vô Wilson e vô Wilson surgiram correndo numa disputa de quem chegaria antes. Pareciam dois garotos. Eles fizeram uma confusão danada, chamando por dona Mimô.

— A Lolinha disse que a dona Genô quer falar comigo!

— Nada, nada, nada! A Loretinha mandou a mensagem para mim! Dona Canô que me espere!

Eu pude ver o momento que cada um puxou a professora por um braço, dando um susto na coitada.

— Precisamos falar com você sobre um assunto sério! — anunciou um deles.

— Muito, muito sério! Aliás, estive pensando, preciso falar com você sobre mais de um assunto.

Mesmo gostando do interesse deles por ela, dona Mimô precisava se livrar daqueles dois, mas não sabia como. Então, foi arrastando-os até alcançar a escadinha que dava no palco montado no pátio. O discurso do sr. Farina estava quase no fim.

Eu, que também precisava chegar o quanto antes ao pátio para impedir o que iria acontecer, acabei acompanhando a cena de perto, sem interferir em nada. Era melhor deixar meus dois avôs agirem sozinhos!

— Dona Genô, para onde estamos indo? — perguntou vô Wilson.

— Acho que podemos ficar a sós, dona Canô! — sugeriu vô Wilson.

Dona Mimô estava mesmo atrapalhada. Sem receberem a devida atenção dela, um dos meus avôs pegou do bolso sua carteira, tirou de lá um papel e o entregou para ela.

— Me ligue depois, querida!

Furioso, o meu outro avô fez o mesmo.

— Esqueça o telefone desse sujeito. Olha aqui o meu!

Dona Mimô estava mais do que focada na sua vingança maligna que nem deu atenção para os dois e colocou os bilhetes na sua bolsa. Tentava, de qualquer jeito, se livrar de vô Wilson e vô Wilson, mas não conseguia.

Foi quando vi mais um papelzinho com meu nome caído no chão. Naquele instante, Oliver passou por mim, tentando achar algo relevante para o caso. Eu apenas o orientei, apontando para a professora.

— Siga aquela bolsa!

Aquela era a minha grande chance. E a dele, talvez.

— Confie em mim, Lola!

29//A Semana do Aluno Protagonista

— Vamos, Weber!

Saí em disparada bem no momento em que o sr. Farina anunciava para os alunos que a Semana do Aluno Protagonista estava começando. Subi as escadas que levavam ao palco puxando meu amigo pela mão.

Lá fora, a galera gritava: "Começa! Começa!".

Todos estavam esperando a Neia. Foi aí que pensei: onde estaria ela? Porque ela merecia subir com a gente.

Pois é. Pensei nisso naquele momento. Achei estranho, não esperava isso de mim. Mas foi verdadeiro, do fundo do meu coração.

— Ela desapareceu, Lola! — respondeu Weber quando perguntei sobre a menina.

Era uma pena, porque não tínhamos mais tempo. Aquela era a hora.

Weber e eu avançamos para o palco assim que as cortinas se abriram. Tínhamos conseguido ser mais rápidos que dona Mimô, enrolada com meus avôs.

Estávamos ali, prontos para dizer algo para todos. Sim, a todos os nossos colegas. Mas o quê?

Estavam surpresos de nos verem ali.

Alguma coisa dentro de mim começou a me fazer falar o que eu sentia. Deixei rolar.

— Oi, gente! Bom dia! Estamos aqui começando a nossa Semana do Aluno Protagonista! Como vocês podem ver, a Neia não está aqui como deveria. Mas não é culpa dela, não! É que muitas coisas aconteceram nesses últimos dias nos bastidores dessa magnífica ideia da Drikíssima.

Quando percebi, Weber também estava falando para todo mundo, complementando o que eu dizia.

— A gente aprendeu muita coisa com essa experiência. Aprendeu que é preciso ouvir, ver e entender as pessoas. Principalmente aquelas que são completamente diferentes de nós. A gente tem muito o que descobrir com aquelas pessoas que são exatamente o nosso contrário.

Eu estava tão emocionada que ficou até difícil continuar nosso discurso. Mas não podia desistir.

— A gente não preparou nada. Mas tudo bem, né? A vida é assim mesmo. A gente planeja tanto as coisas e, de repente, tudo muda e a gente tem que improvisar. Mas a nossa sorte é que a gente nunca parte do zero. A gente tem nosso sentimento para nos guiar.

Eu podia ver as lágrimas rolarem dos olhos de Drikíssima, o queixo do sr. Farina tremer de emoção e também todos os corações abertos dos amigos que estavam nos assistindo.

— O que a gente vai falar nesta semana é sobre como deixar as coisas mais simples, sabe? — falou meu companheiro.

— Exato! A gente complica demais, os adultos complicam demais, todo mundo. Gosto de falar que a vida é mais simples que um problema de matemática. Aliás, acho que muitas vezes a gente deveria esquecer o valor de X para falar sobre o valor de cada um de nós. Sobre o que somos, o que pensamos. Sobre o que acertamos, sobre o que erramos. Sobre o que amamos, sobre o que tememos. E se aproveitarmos esta semana para fazer assim? — sugeri, e logo anunciei: — Está começando a Semana do Aluno Protagonista do Colégio Gente Sabida!

E assim, todo mundo presente ali, explodiu em aplausos.

Ou melhor, quase todo mundo.

30//A decepcionante (e hilária) descoberta de dona Mimô

— Mas que bobagem é essa? Ensinar valor de sentimento? A gente precisa ensinar comportamento, precisa fazer com que cresçam gente decente! — gritou dona Mimô avançando pelo pátio. — Saiam já daí!

Eu gelei naquele momento. Dona Mimô tinha conseguido, de algum jeito, despistar meus avôs. Eles deviam estar brigando entre si em algum lugar, certeza.

— Farina, isso é mesmo uma pouca-vergonha! — ela falou em alto e bom som.

Lá do canto, Drikíssima enxugou as lágrimas e se levantou:

— Caríssima professora Mimô, com todo o respeito, imagino que este seja um dos dias mais lindos que o Colégio

Gente Sabida já teve. Essa menina falou coisas que nunca ouvi ninguém falar em toda a minha carreira, sabe? Acho que todos têm muito o que aprender com a Lola Loreta! Inclusive você.

Foi naquele instante que pude ver vô Wilson e vô Wilson no meio da galera do pátio.

— Lola? — disse um dos meus avôs.

— Loreta? — complementou o outro.

Os dois olharam simultaneamente para o palco e deram um sorrisão ao me ver lá em cima.

— Essa menina é incrível! — vibrou um vô Wilson.

— Todos têm mesmo muito o que aprender com ela! — celebrou o outro vô Wilson.

E assim seguiram:

— Linda!

— Maravilhosa!

— Puxou ao avô!

— Sim, a mim!

Dona Mimô não estava entendendo nada daquilo.

— O que vocês dois têm a ver com essa menina petulante? — quis saber assustada.

Os dois responderam de uma só vez.

— Ela é a nossa neta preferida!

Foi como um tiro certeiro. Naquele instante, dona Mimô revirou os olhos e desmaiou na frente de todo mundo. Foi um susto, mas foi engraçadíssimo (eu não sei se poderia fazer esse comentário...).

Todos correram para ajudá-la, e a Semana do Aluno Protagonista teve que esperar um pouco para começar de vez.

31//Onde está a Neia?

Eu o chamo de Máximo não é apenas porque é uma abreviação de seu nome, mas é porque acho isso mesmo. Por que estou falando isso bem neste momento da história? Porque no meio daquela confusão toda ele foi a única pessoa a ir atrás de Neia.

Meu amigo saiu pelo colégio procurando pela nossa colega. Em algum lugar devia estar.

E estava.

Lá, no terceiro andar do prédio, perto da biblioteca, no corredor mais vazio de todos. Estava sentadinha, com o rosto enfiado nos joelhos, muito triste.

— Neia, você está bem? — perguntou.

Ela não respondeu nada, mas ele insistiu.

— Eu posso ajudar em alguma coisa? Pode contar comigo!

A menina levantou os olhos na direção de Máximo, que percebeu o quanto ela tinha chorado.

— Eu não consegui fazer o que queria, Maximiliano.

Ele, então, se aproximou e se sentou ao lado dela.

— E o que era? Ser a líder da Semana do Aluno Protagonista?

Ela negou com a cabeça. Depois de um tempo em silêncio, contou:

— Eu queria aproveitar a oportunidade que a dona Mimô me deu para mostrar para todo mundo as ideias da Lola.

Máximo respirou fundo para explicar uma coisa a ela:

— Neia, você não pode pegar as ideias, pensamentos e projetos dos outros e dizer que é seu.

A menina virou-se assustada.

— E quem disse que eu ia falar que é meu?

— Não?

— Não! — respondeu ela. — Eu ia dar todos os créditos para a Lola!

Aquela resposta deixou Máximo com a pulga atrás da orelha.

— Mas por que você não chamou a Lola para fazer parte da sua equipe, Neia?

— E ela ia querer, Máximo? Ela me odeia! E eu a admiro tanto — confessou, fazendo um nó surgir na garganta de Máximo. — Ela é incrível! É como se fosse uma inspiração para mim, sabe?

— Verdade isso?

— Verdade! Mas é uma pena que ela me trate daquele jeito. Vive me dizendo “improvisa, Neia!”, quando tento ser um pouquinho como ela.

— Ela acha que você vive a imitando.

— E isso não pode se a gente admira uma pessoa?

— Poder pode, Neia. Mas a gente não precisa fazer tudo igual, né?

— Ah, é?

É isso que eu falo: a gente fica resolvendo problema de matemática ou querendo descobrir o sujeito oculto de uma oração, mas esquece que, além disso, precisamos ensinar outras coisas para as pessoas. Tipo: a Neia não sabia o que fazer com aqueles sentimentos que tinha por mim, sabe?

Aí eu vi como era importante conversar.

Eu também nunca tinha conversado com ela.

Nem com dona Mimô.

Nem com um monte de gente que cruzo todo dia na escola.

Talvez aquela história toda das eleições tivesse sido boa para isso.

— Eu até votei na Lola para ser a líder da semana — Neia revelou. — Nunca imaginei que iria ganhar isso. Eu torcia mesmo para a Lola, de repente, me convidar para a equipe. Mas a dona Mimô me convenceu a entrar como concorrente, disse que iria ser bom para mim, que as pessoas iriam me conhecer, que eu teria mais amigos. Pensei que talvez a Lola conseguisse ver como eu era legal, sabe? Eu tentei... Mas acabou dando tudo errado. Eu nem sei como venci isso. Não sei mesmo.

— Parece que a dona Mimô trocou os votos da urna! — Máximo contou a ela, que se lembrou de alguma coisa.

— Foi isso, então! — Neia lembrou-se de algo.

32//A revelação

Máximo ficou surpreso com a fala da menina. E também com sua ingenuidade. Ansioso, pediu para ela contar tudo o que sabia.

— O que você sabe, Neia? O que você disser vai ajudar — e muito — a nossa escola.

— Eu vi a dona Mimô mexendo na urna. Pegando os votos que estavam lá dentro. No dia do anúncio do vencedor, um pouco antes de correr para o pátio e me esconder lá no fundo, eu a encontrei saindo da diretoria — a menina contou.

— Da diretoria?

— É, Maximiliano! Eu também estranhei. Eu estava procurando ela, porque queria mesmo desistir da minha participação nas eleições. Queria pedir para ela e para o sr. Farina desconsiderarem os votos para mim, caso tivesse algum, e eu achava que não teria nenhum! Por isso fui até lá.

— E o que você viu?

— Eu a vi mexendo na urna. Ela tomou um susto e disse que estava apenas protegendo os votos para que ninguém fizesse nenhuma fraude. Disse que sabia que ela e eu seríamos as vencedoras. Mas era estranho ela estar com a mão lá dentro. Aí pediu para eu sair de lá, correr para o pátio imediatamente. Com medo, fui. Cruzei com a Drikíssima (é assim que a Lola a chama, né?) correndo para buscar a urna. Na hora em que a nossa coordenadora entrou na sala da diretoria, dona Mimô deu um berro e disse que estava protegendo a urna, que, segundo ela, tinha ficado desprotegida. Aí Drikíssima saiu correndo com a urna para contar os votos e, quando percebi, já estavam anunciando meu nome.

— Nossa, Neia!

— É verdade. Mas não desconfiei de nada. Achei que a dona Mimô não fosse capaz disso. Mas agora você me falando... — ela respirou fundo e disse: — Poxa, eu pelo menos estava achando que as pessoas poderiam gostar um pouco de mim. Mas foi uma armação da dona Mimô! Cheia de interesses. E eu achando que ela queria ser legal comigo...

Máximo ficou sem jeito. Sem fala. Não sabia o que dizer. Mas, então, teve uma ideia.

— Você vai subir no palco comigo para mostrar quem você é e o que você sabe. Topa?

33//A Semana de Todo Mundo

Quando vi, Neia e Máximo estavam subindo no palco. Eu não tinha entendido muito bem o que havia acontecido, mas achei que era importante que estivessem lá em cima comigo e com o Weber.

Na verdade, naquele instante, enquanto dona Mimô ainda se recuperava com a ajuda de vô Wilson e vô Wilson, pensei que, na verdade, todo mundo da escola deveria estar no palco (mas o palco teria que ser gigante, né?).

Foi aí que me veio uma ideia que sugeri ao sr. Farina pelo microfone:

— Sabe o que acho, gente? Que o sr. Farina deveria abrir as inscrições para quem quiser participar da Semana do Aluno Protagonista. É, todo mundo pode ser protagonista! Todos seriam convocados, sem ter uma liderança, uma coordenação. Todos podem inscrever suas ideias para apresentar, para contar aos outros. Aí a gente organiza tudo de outro jeito. O que acham? E se der mais que uma semana, que ótimo, né?

— Isso é genial, Lola Loreta! — gritou Drikíssima do outro lado, puxando os aplausos para mim. — Pode ser um novo modo de fazer essa escola. Conhecimento sendo compartilhado continuamente.

Aceitei tanto os aplausos como o "genial" para a minha proposta, mesmo achando que aquilo era o mínimo que poderia ser feito. Assim, todo mundo, todo mundo mesmo, poderia ter voz: eu, a Neia, a Magu, o Weber, o Máximo, e quem mais quisesse (inclusive a dona Mimô, por que não?). Aí todo mundo poderia ser ouvido, se conhecer, conversar e se respeitar, sabe? Cansei de toda essa disputa!

Foi aí que vi, entrando pelo portão principal que dava no pátio, papai e mamãe. Talvez eles tivessem ido até a escola para ver o que vô Wilson e vô Wilson estavam aprontando. Mas, mesmo assim, fiquei feliz, porque os olhos dos dois brilharam ao me ver no palco.

E ao ver que todo mundo estava me aplaudindo.

Pensei assim: nem com nossos pais, às vezes, a gente conversa direito, não é? Para saber suas ideias, suas histórias, seus sonhos, pensamentos, visões de mundo... Lembrei o dia em que papai estava triste. Acho que eles merecem falar sobre os seus sentimentos, não? Por isso sugeri:

— Acho que podemos abrir as inscrições também para pais, mães, avós, familiares, quem quiser. E poderíamos mudar o nome para Semana de Todo Mundo, o que acham?

Todos gostaram.

E mamãe e papai gritavam meu nome sem parar. Estavam felizes e orgulhosos!

34// Solucionando conspirações

Parece que muita gente tinha ficado bem animada com o novo propósito da semana especial que o colégio promoveria. Diversos grupos logo se formaram entre os alunos no pátio e eles já trocavam ideias, pensando no que podiam apresentar. A agitação foi interrompida por um estrondo vindo da direção do refeitório e da cantina. Todos olharam para a marquise que cobria as mesas e cadeiras onde tomávamos lanche e perceberam que uma perna pendurava-se em um buraco que se abriu entre as telhas.

— Mas o que será isso? — assustou-se o sr. Farina. — É um aluno? Afinal, está de uniforme! Mas o que ele está fazendo lá em cima?

A movimentação foi tanta que, quando dona Mimô se viu esquecida pelo novo incidente, tratou de acordar e chamar a atenção de todos de volta.

— Neia, você conseguiu! — gritou ao ver sua protegida no palco.

Ninguém sabia mais para onde olhar.

Neia ficou branca de susto ao se ver diante de toda a escola. Eu só ouvi Máximo cochichar em seu ouvido:

— Coragem, Neia! Conte o que você sabe. A Lola vai ficar orgulhosa de você. E todo mundo também!

Então, a menina, com uma voz bem trêmula, falou:

— Eu vi a dona Mimô mexendo na urna e trocando os votos antes da contagem no dia do anúncio!

O zum-zum-zum só não foi maior porque, do outro lado, Oliver gritou, pendurado no teto:

— É verdade! Eu achei todos os votos para Lola que foram tirados da urna!

Mas, enquanto ele ia dizendo isso, também ia caindo pelo buraco. Os alunos correram até o local onde ele iria se espatifar no chão para, ao menos, tentarem amortecer a queda. E foi isso que aconteceu! Ele despencou lá do alto, mas uma galera do nono ano o segurou. Mesmo cheio de escoriações e machucados, ele estava vibrante.

— Eu consegui! Pelo menos consegui solucionar uma conspiração deste lugar! — e mostrou para todos uma bolsinha roxa que havia descoberto lá no teto, da qual despejou os papeizinhos no chão.

Drikíssima foi até o garoto:

— Oliver, você pode me explicar o que isso significa?

— Esta bolsa é de dona Mimô, oras! Há muito tempo tenho acompanhado as movimentações dela.

— E como você foi parar lá em cima, garoto? — quis saber o sr. Farina.

— Pouco antes de começar esta apresentação, a Lola pediu para eu seguir a professora, porque mais um voto tinha caído de sua bolsa. Aí fiquei na cola dela. Percebi quando ela despistou os dois senhores que estavam grudados nela e, no maior desespero, jogou a bolsa no teto da marquise. Aí, ela foi ver se Neia tinha entrado em cena e encontrou Lola no palco.

Dona Mimô gritou:

— Prove que essa bolsa é minha!

O menino retirou lá de dentro duas pequenas fotos:

— Só pode ser, afinal, encontrei, junto com os votos, duas fotos desses senhores que estão agarrados nela! — e, então, mostrou para todos os retratos dos meus avôs.

Mamãe e papai assistiam à cena e ficaram surpresos:

— É a cópia de uma foto que deixo na carteira do papai com as informações gerais dele para o caso de se perder na cidade! — falou ela.

— Papai também tem uma igual. Vocês deram para dona Mimô? — ele perguntou.

Os dois, envergonhados, responderam que sim com a cabeça.

— Era o único jeito de dar meus contatos para ela — disse vô Wilson.

— E, além do mais, ela merecia ter uma foto minha! — disse o outro vô Wilson.

E, logo depois, foram chiar com dona Mimô.

— Dona Canô, a senhora jogou fora a foto que eu te dei? — indagou um deles.

— E você aceitou a foto desse sujeito também, dona Genô? — decepcionou-se o outro avô.

Em pouco tempo, a discussão estava formada e todos sabiam que a bolsinha era de dona Mimô.

35//Quando as coisas se acertam

A professora bem que tentou fugir, mas a sorte foi que meus avôs eram as duas pessoas mais pegajosas do mundo e agarraram dona Mimô de um jeito que ela não conseguiu dar um passo a mais. Sr. Farina, com uma imensa cara de reprovação, aproximou-se de sua grande amiga.

— Você foi mesmo capaz de fazer o que a Neia disse, Mimô? Mas que decepção! — ele disse.

Ainda assim, a professora tentou se justificar:

— Eu só queria proteger a dignidade dessa escola, Farina! — Então, ela apontou para mim: — Eu precisava impedir que essa menina colocasse as ideias malucas dela em todo mundo! Lola Loreta é terrível!

Drikíssima aproximou-se de sua colega e deu sua opinião:

— Acho que você está muito errada, professora Mimô. Todas as atitudes de Lola Loreta foram incríveis. E as de Neia também. Aliás, de todos os que estão ali no palco. E saibam que eles já suspeitavam de sua ação, mas ninguém a acusou sem ter provas concretas.

Eu dei dois toquinhos no microfone para chamar a atenção de todos — só precisava deixar claro mais uma coisinha:

— Gente, é por isso que aconteceu aquela confusão com meu amigo Weber na sala dos professores. A gente estava em busca de algo que pudesse comprovar a nossa desconfiança sobre a dona Mimô. Era disso que estávamos indo atrás!

Todos fizeram um "oh" coletivo e depois aplaudiram.

— Mas, para a nossa sorte, nosso grande amigo Oliver encontrou a bolsa com os votos lá no teto — falei, porque achei justo homenagear o Oliver depois de tantos anos tentando solucionar uma conspiração. Assim, ele também subiu no palco sob as palmas de todos e logo pegou o microfone:

— Acho que precisamos todos falar de conspirações. Elas estão em todos os lugares. Então... — aí viria um discurso enorme sobre esse tema e achei que era demais para o momento. Por isso, tirei o microfone dele, com todo o respeito.

Sr. Farina logo se aproximou de nós e pediu desculpas públicas para Weber.

— Você devia ter ouvido ele, sr. Farina! — falei.

— Você tem toda razão, Lola. Me desculpe, Weber! — ele respondeu. — Agora vamos pensar como trataremos o caso da professora Mimô, que causou todo esse transtorno neste evento tão importante.

Ao ouvirem o nome da professora, todos a procuraram no pátio. Mas ela não estava mais lá. Imaginei que devia estar se explicando para meus avôs, em meio àquela discussão interminável dos dois. Acho que já era um pouquinho da punição que a professora merecia.

36//Uma conversa legal

— Neia?

A única coisa importante para mim naquele dia, assim que o sinal tocasse, era procurar Neia para conversar. Ainda mais depois do que tinha sido revelado no palco e de tudo o que Máximo havia me contado sobre a conversa que tiveram.

Mas não sabia como começar o papo.

— Por que você não se inscreve para fazer parte da Semana de Todo Mundo? — foi o que perguntei para me aproximar, porque aquilo também tinha me chamado bastante atenção, já que a maioria dos alunos quis participar da nova proposta.

— Acho que eu não tenho nada a dizer, Lola! — ela respondeu e virou-se de costas, envergonhada, tentando encerrar o papo.

— Será mesmo, Neia?

Ela parou onde estava. Ainda de costas para mim, perguntou para si mesma.

— Você acha que eu tenho o que dizer ou ensinar para alguém?

— Acho que todo mundo tem, sabe? Todo mundo é capaz de ensinar. Afinal, cada um vê as coisas do mundo de um jeito. Isso que é legal, e a gente podia aproveitar mais, você não acha?

Então ela se virou.

— É verdade, Lola.

— Não é só a escola que ensina coisas, Neia. Sabia?

Neia sorriu para mim como se estivesse em paz. Ela me olhava com olhos admirados.

— Não sabia que eu estava errada — confessou.

— Nem eu, Neia. A gente nem sempre sabe. É por isso que precisamos prestar atenção em nós mesmos. Eu estava errada achando que você estava tramando algo contra mim. Mas não estava.

— Eu estava errada achando que podia usar suas ideias, mesmo com a boa intenção de contar a todos que eram suas.

— Fica fria, Neia.

— Obrigada, Lola.

Então, ela se virou em direção à saída. Antes que ela pudesse sumir da minha vista, perguntei uma coisa que estava entalada na minha curiosidade.

— Neia, o que tinha naquele envelope que dona Mimô havia te dado?

Ela pegou a mochila, tirou o envelope lá de dentro e me entregou. Eu abri e não pude acreditar no que vi! Dona Mimô era muito doida mesmo! Lá estavam diversas instruções de como ser uma professora exemplar, incluindo um ponto importante: como se livrar de adversidades terríveis como "Lolas Loretas".

Eu caí na gargalhada e a Neia não se segurou.

E ela foi embora naquele dia. E parecia que estava mais feliz e tranquila do que nunca.

37//Oportunidades e novos caminhos

Fazia muito tempo que eu não via papai felizão como naquela manhã de domingo.

Eu estava tomando café da manhã com a mamãe, que, enfim, tinha conseguido uma folga de seus dois empregos, quando ele chegou com uma agendinha na cozinha.

— Lola Loreta, o show que fiz na sua escola foi um estouro!

Ah, isso eu acabei não contando! O encerramento da Semana de Todo Mundo lá na escola foi com um show espetacular da banda do papai, The Exaltados.

Como o sr. Farina tinha gostado da minha proposta de autorizar a inscrição de pais e familiares dos alunos para dividir suas experiências e ensinarem coisas, papai decidiu falar sobre a importância da música na vida das pessoas.

Nesse dia, fiz questão que meu vô Wilson, pai de minha mãe, estivesse lá para descobrir o que papai fazia — antes que os dois Wilsons passassem mais décadas discutindo. E, para dar um exemplo de como ninguém conseguia ficar parado com uma música feita com o coração, a banda deu uma "canja" ao vivo. E meu pai tinha razão! Vi até o sr. Farina balançando ao som do rock'n roll.

O mais legal é que teve muita gente que filmou trechos da apresentação e depois colocou os vídeos na internet.

E sabe o que aconteceu?

Os vídeos viralizaram e um monte de gente quis contratá-los.

— Isso quer dizer que vocês vão ganhar mais dinheiro? — quis saber.

— Isso mesmo, Lola!

— E isso quer dizer também que eu não vou ter de mudar de escola?

Mamãe até parou de comer o iogurte que saboreava:

— Quem te disse isso, Lola? Que você ia sair da escola?

Tive de confessar que escutei a conversa dos dois escondida e fiquei morrendo de medo.

— Mas não foi por mal: o que eu mais aprendi nos últimos dias foi a importância de ouvir. E foi o que aconteceu!

Eles nem me deram bronca depois do que eu falei. Morreram de rir e disseram que as finanças tinham melhorado para a família. Comemorei sem parar:

— Eu não vou deixar a minha escola nas mãos da terrível dona Mimô!

Mamãe me chamou atenção:

— Acho que você precisa parar de implicar com a dona Mimô. Você aprendeu bastante coisa sobre as diferenças nas últimas semanas, não é?

— E, além do mais, pode ser que ela entre para a nossa família... — completou papai, olhando pela janela.

Fui ver do que ele estava falando. Lá no jardim de casa, estavam vô Wilson e vô Wilson cheios de conversa com ela. Era um risco que eu corria mesmo — as chances eram dobradas de ela virar minha avó!

Talvez aquela fosse a minha grande oportunidade para conversar com ela.

38// Enfim, nós duas!

Quando dona Mimô me viu chegando perto dela e dos meus avôs no jardim, tomou um susto. Ficou meio sem graça, afinal aquela situação era nova para nós duas — tipo, a possibilidade de sermos da mesma família!

A discussão entre meus avôs parou, porque também ficaram sem saber o que fazer. Então, dei o primeiro passo:

— Vô Wilson e vô Wilson, vocês podem entrar um pouco? Eu quero conversar em particular com a dona Mimô!

Eles se olharam como quem se pergunta se deveriam fazer isso. E se enrolaram, tentando impedir o papo.

— Sabe, Lolinha, a Mimô já estava indo embora — disse um deles.

— Loretinha, querida, acho melhor deixar isso para depois! — completou o outro.

Como eu sabia que aquele nhe-nhe-nhém seria longo, tratei de ser prática:

— ENTREM LOGO, VOCÊS, OS DOIS!

Fofinha eu, né? Mas funcionou e eles me obedeceram.

Dona Mimô continuava imóvel, temendo o que eu iria falar. E se surpreendeu com a minha primeira frase:

— Acho que podemos nos tornar boas amigas...

Ela olhou para mim sem jeito e perguntou:

— Nós?

— É, nós! Qual o problema?

Acho que ela poderia argumentar um monte de coisas, mas engoliu em seco, talvez porque estivesse mesmo gostando dos meus avôs. Aí fui direto ao ponto:

— Por que você não gosta de mim?

Sem olhar para meu rosto, ela respondeu:

— Você fala demais!

E eu respondi:

— Você também!

Ela ficou ainda mais sem graça com a minha resposta.

— É só por causa disso, é? — continuei. — Acho que no fundo, no fundo, você gosta de mim!

— Você é mesmo uma boa aluna — ela falou. — Sabe resolver os problemas de matemática.

— Acho que você poderia dar o braço a torcer e dizer: "Lola, você resolve os problemas de matemática muito mais rápido que eu".

— É isso! É isso! — deixou escapar.

— Não tem mais nada que você ache legal, hein, dona Mimô? Impossível!

— Mas você é insistente, hein, garota!

— Depende de quem olha, dona Mimô. Isso se chama persistência. É tudo uma questão de ponto de vista.

Foi quando ela tentou virar o jogo:

— Você também gosta de mim! Confessa!

— É verdade! Você parece ser legal quando não é chata!

Pela primeira vez vi dona Mimô achando graça de algo que falei. Tinha ganhado a professora!

— O mesmo eu sinto por você, querida! — ela disse.

Talvez o nosso problema é que somos muito iguais: donas da verdade, duronas, com dificuldade de aceitar o que o outro pensa e que não dão o braço a torcer tão fácil. Mas, se a gente é igual, para que complicar, né?

— Sabe o que eu acho mais legal em você, dona Mimô?

Ela, entusiasmada, quis saber.

E eu disse na maior sinceridade:

— O seu fusquinha vermelho! Seria demais dar umas voltas nele!

39//Descomplicar sempre!

— Sabe, sr. Fofinho, você fica aí quietão toda noite, mas eu queria mesmo é que você conversasse mais comigo. Sei que não dá, você é um travesseiro, eu tenho que respeitar e entender que você é mais de ouvir do que de falar.

Gostei daquele negócio de entender mais sobre o que as pessoas são. Estava analisando até meu travesseiro. Talvez eu estivesse ficando chata com esse meu novo olhar, é verdade, mas era importante ver quem cada um é por completo. Todo mundo que é chato pode ser muito legal, e o contrário também. Mas é assim mesmo, não é? Todo mundo é assim, inclusive eu.

É isso que eu queria que as pessoas entendessem assim que comecei a entender também: o importante é saber ouvir e conversar. Talvez seja isso que deixa as coisas mais simples e tranquilas para todo mundo.

É o primeiro passo para descomplicar tudo!

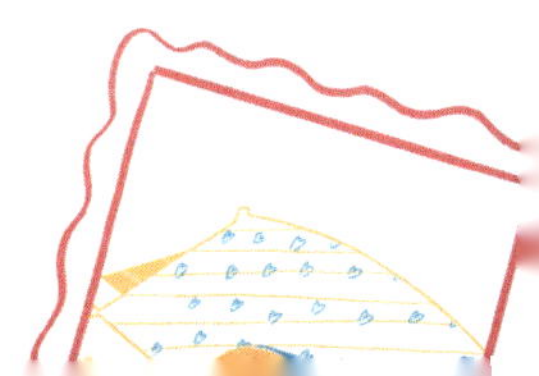

40//A vida continua e tudo (quase) muda

— Eu vou deixar você aqui nesta esquina! Aí você vai a pé! — resmungou a dona Mimô.

Aquele dia foi histórico: eu chegando na escola dentro do fusquinha vermelho da rigorosa-tradicionalíssima-mais-antiga-professora-da-escola!

Depois de muito insistir e de um apoio moral e emocional dos meus queridos vô Wilson e vô Wilson, ela topou me levar para o colégio um dia. E foi divertidíssimo!

Ver o jeito estabanado que ela dirigia (apesar dos medos que passei), conhecer as músicas que ela ouvia em um rádio com fita K7 (é verdade, procure saber o que é isso! É engraçado demais!) e até conversar sobre coisas do dia a dia.

Mas aí ela não queria que toda a escola visse que tinha se rendido aos meus encantos. Achei justo, tive que respeitar. Por isso, saltei do carro no lugar onde ela pediu.

— Fiz isso só para agradar seus avôs! — ela falou quando dei um "até já".

— Que nada, dona Mimô! Sei que nas próximas eleições que tiverem para qualquer coisa na escola você votará em mim.

Ela, aparentemente, não gostou da minha brincadeira. Até porque no fim das contas, depois de tudo o que ela fez, recebeu uma bronca do sr. Farina e teve de fazer uma palestra sobre ética e honestidade para a escola inteira.

Eu segui até a escola a pé. Desde a Semana do Aluno Protagonista, que tinha virado a Semana de Todo Mundo, sentia algo diferente naquele local. Estava mais leve. É bom mudar de opinião e ver que todo mundo estava mais aberto para ver as coisas com outros olhos. Percebia isso no Weber, no Máximo, na Magu, na Sôfi, no Oliver, na...

— NEIA?

Foi o que gritei naquela manhã quando a vi chegando com um penteado igual ao meu.

Com um tênis igual ao meu.

Com uma blusa igual à minha.

E um colar igual ao meu.

— Ainda bem que a gente se entendeu, Lola! E eu fiquei mais sua fã, sabia? — ela disse, passando por mim.

Tem coisas que nunca mudam também.

E talvez tudo bem, né?

Extra, extra!

De frente com Lola Loreta

Bom, se você acha que nosso encontro acabou com o fim da história, errou. Vai, ficou feliz, né? E aí, foi legal? Curtiu? Eu queria tanto saber o que você achou! Deu vontade de conhecer mais aventuras minhas? Ah, como assim? A ideia não era bater papo no final do livro? É o que estou fazendo com você. Espera aí que estão me passando uma informação... Ah! É outro tipo de bate-papo! Com o escritor do livro, o Caio Tozzi! Mas não vá embora, não! Fique aí: vou ser sua porta-voz e perguntar todas as curiosidades sobre os bastidores de criação desta história. Que tal? Vai ser legal demais!

Vamos lá?

Tcham! Tcham! Tcham! Tcham!

Senhoras e senhores!

Estamos começando o primeiro *De frente com Lola Loreta*! (não é assim que costumam chamar os programas de entrevista? Gostei de ter um só para mim!).

O convidado de hoje é o Caio Tozzi, escritor, roteirista e jornalista, autor de livros infantojuvenis, como este que você acabou de ler!

Está pronto para começar, Caio?

Lógico, Lola! É um prazer conversar contigo. Vamos nessa!

Ótimo! Primeira pergunta: de onde veio a ideia de me inventar?

Olha, Lola, vou ser muito sincero: você não foi o ponto de partida para esta história. Sabe como tudo começou? Quando eu ouvi sobre uma garota que tinha dois avôs com o mesmo nome, Wilson. Sempre fico atento a histórias que ouço porque podem inspirar um livro! Fiquei com aquilo na cabeça, porque achei engraçado. E não é? Vô Wilson e vô Wilson! Até que um dia surgiu uma ideia: e se, apesar do nome igual, esses dois avôs fossem completamente diferentes? E se eles brigassem sem parar? E se entre eles existisse uma menina, que fosse uma neta em comum? Mas o que acontece é que gosto que os protagonistas das histórias que escrevo para o público infantojuvenil sejam crianças ou adolescentes, de acordo com a faixa etária que quero atingir. Aí fui moldando para que a tal menina ficasse no centro da narrativa. E veio seu nome na minha cabeça: Lola Loreta. Achei sonoro e divertido. Eu andava com vontade de escrever sobre uma turma de crianças que tivessem oito ou nove anos e que vivessem histórias mais reais, sem fantasia ou grandes mistérios, que fossem meio malucas e engraçadas. Achei que você podia estar à frente dessa turma.

Nossa! Obrigada por tanta gentileza! Mas por que eu acabei me tornando essa menina que sempre quer resolver problemas? Não é fácil, Caio!

Imagino que não seja mesmo, Lola! Por isso que é boa essa ideia. Você sabe que para contarmos uma boa história temos que ter bons problemas para colocar para os personagens resolverem, né? É o princípio básico da narrativa, e os conflitos levam a história adiante. E eu precisava que essa personagem tivesse alguma característica peculiar. Achei que essa garota um tanto altruísta e de bom coração fosse interessante, ao mesmo tempo que tivesse uma personalidade altiva, curiosa e até mandona. Seria uma boa mistura para enfrentar a aventura da descoberta do mundo, que é o que começa a acontecer nesse período da vida.

E aí? Além de mim, do vô Wilson e do vô Wilson, como você criou o resto do pessoal?

Sabe que nesse projeto a primeira coisa que eu resolvi inventar foram todos os personagens. Peguei um papel um dia e criei todos os seus amigos, sua família, seus conhecidos. Fui listando todas as características e relações que tinham uns com os outros. Queria que pudessem viver várias aventuras, e não apenas um grande livro, tipo uma série — por isso que a história não veio primeiro, e sim o "universo" dela. Aliás, demorei muito para saber como seria a primeira história em que você e todo o pessoal iriam aparecer. Essas anotações ficaram guardadas mais de dois anos! Mas nunca deixei de pensar em vocês. Até que chegou uma hora que veio uma ideia!

Uma ideia! Ufa, hein? Aí você se inspirou em quê para criar essa minha aventura?

Pois é. Na verdade, eu tinha um carinho enorme por todos os personagens, sempre estava com a turma em mente, tentando descobrir como encaixá-los numa primeira trama. Digo primeira, porque, como já falei, imaginei que pudessem estar em diversas histórias. Aí comecei a assistir a muitos desenhos animados. É, verdade! Achei que essa coisa de uma turma de estudantes, vivendo as confusões do dia a dia, do cotidiano, em diversas situações episódicas, tinha cara de desenho animado. Queria me inspirar. E percebi que precisava escrever um grande "piloto", que é como costumam chamar o primeiro episódio de qualquer série de televisão. É quando costumam apresentar os personagens, mas já em uma narrativa que seja interessante. Comecei a pensar, pensar, pensar e me veio a ideia de você, Lola, ser escolhida para alguma coisa (que eu não sabia o que era), e que isso seria tirado de você logo em seguida. O primeiro grande problema a resolver seria o seu mesmo, mas que impactaria a vida de muita gente na escola. Dessa maneira, eu conseguiria apresentar os personagens todos. Foi assim que nasceu esta aventura aqui.

Tá, mas você comentou a primeira ideiazinha. Está muito distante de como este livro ficou. Como acontece o processo de escrita de um livro? Como é a sua organização para escrever um livro como este?

Até a parte que te contei, tudo o que eu tinha era uma grande pasta cheia de anotações sobre esta história — geralmente tenho uma para cada projeto. É assim que tudo começa. Mas chega um dia em que nós, os escritores, temos que sentar na frente de um computador (tem alguns que ainda escrevem à mão, então seria na frente de um caderno) para organizar e estruturar todo o livro que queremos escrever. Eu funciono assim: começo fazendo um grande esqueleto da história (que chamo de escaleta), e lá defino todos os acontecimentos da trama, já divididos em capítulos. Aí faço diversas versões dessa escaleta até a história ficar redondinha. Depois parto para a escrita do livro, que é quando descrevo as cenas com detalhes e coloco os diálogos. No caso deste livro aqui, só durante o processo de escrita percebi que faltavam coisas para amarrar tudo e fui alterando nas diversas versões que fiz (mais de sete!). É, a reescrita é muito importante sempre!

Você acha que eu posso aparecer em outras histórias que você escrever?

Lógico! Pelo que te conheço, as diversas confusões que você arranja para tentar ajudar a resolver os problemas de todo mundo dão muitos livros.

E...

Oi? Como? Já, produção? Acabou? Está na hora de terminar o livro? É? Não temos mais tempo... quer dizer: páginas! Já estamos ouvindo "Ahhhhh" de você que está lendo.

Muito obrigado, Caio, pela presença no *De frente com Lola Loreta*!

É isso aí!

A gente se vê! Até a próxima aventura!

Beijão,

Lola Loreta

Agora sim...

Fim!

O AUTOR

Sou o Caio Tozzi, autor deste livro. Filho único e apaixonado por histórias, sempre tive nos personagens da ficção meus grandes companheiros – talvez eles sejam até hoje, por isso resolvi inventar um tanto deles ao longo da minha vida. Sempre vivi em São Paulo e, hoje, sou casado e tenho uma filha. Por conta dessa minha paixão, me formei em jornalismo e fui estudar roteiros. Dirigi documentários e escrevi peças de teatro, além de manter um podcast chamado #MOCHILA, que fala sobre histórias criadas para os jovens leitores. Já escrevi vários livros – inclusive, fui um dos finalistas na categoria Literatura Juvenil do Prêmio Jabuti 2022 –, mas o *Lola Loreta e a Semana de Todo Mundo* é um dos que mais me divertiram durante o processo criativo.

ARQUIVO PESSOAL

A ILUSTRADORA

Sou a Gabriela Gil, ilustradora deste livro. Minha produção é focada em publicações ilustradas e divertidas para todas as idades. Sou formada em Artes Visuais e pós-graduada em Design Gráfico e, em 2021, fui uma das finalistas da 55ª Mostra Internacional de Ilustradores da Bologna Children's Book Fair. Fazer as ilustrações para o livro da Lola Loreta foi uma aventura. Uma história contagiante, que, a cada capítulo, me transportava para as lembranças da época de escola, das feiras de ciências e eventos culturais. Com os personagens, eu me lembrava dos amigos, dos professores... cada um com sua personalidade. Me diverti tanto que deu até vontade de marcar um piquenique para conhecer todo mundo... ou melhor não? Será que pode acontecer alguma confusão? Bom, nada é impossível com a turma da Lola, mas aí já é outra história.

ARQUIVO PESSOAL

Este livro foi produzido na primavera de 2023, enquanto Lola Loreta escrevia novas ideias de projetos para combater o *bullying* e o preconceito e ajudar os outros a aprender coisas novas.